설렘의 습관

설렘의 습관

2017년 10월 24일 초판 1쇄 발행
2017년 11월 7일 초판 4쇄 발행

지은이 송정연, 송정림

펴낸이 정해종
책임편집 이기웅, 정선영, 김새미나
경영지원 김현우, 강신우
해외기획 우정민

마케팅 심규완, 김명래, 권금숙, 양봉호, 최의범,
임지윤, 조히라

펴낸곳 박하
주소 경기도 파주시 회동길 337-16 3층
팩스 031-955-9914

출판신고 2016년 5월 20일 제406-2016-000066호
전화 031-955-9912 (9913)
이메일 bakha@bakha.kr

ⓒ 송정연, 송정림
(저작권자와 맺은 특약에 따라 검인을 생략합니다)

ISBN 979-11-87798-23-1 (03810)

설렘의 습관

심장을 다시 뛰게 하는
감성 버킷리스트

송정연, 송정림 지음

박하

차례

송정연이
연다

내 안에서는 욕망과 무소유 의식이 늘 충돌합니다. 갖고 싶고 보고 싶고 가고 싶고 떠나고 싶고, 입고 싶고 들고 싶고 끼고 싶고 가지고 싶고…. 그러나 이내 물질의 소유는 몇 개월도 못가서 다른 소유욕으로 바뀝니다.

신상 물건보다는 한정판 사랑이 더 소중하고 한정판 중에 가장 확실한 것은 인생이라는 것을 알기에 삶이 비루하게 느껴지고…. 맥주를 박스째로 사다놓고 들이켜도 해소되지 않는 공허함…. 앞만 보고 달려온 인생길, 세월이 고개를 넘는 소리가 문득 들릴 때, 옆에 사람들이 있어도 공허감이 엄습해올 때, 헛헛함이 목구멍까지 치밀어올 때 커피를 연신 들이켜도 해소되지 않던 쓸쓸함….

그날은 비릿한 슬픔을 느낀, 바로 그런 날이었어요. 팝 해설가 박길호 선생님과 여행 이야기꾼 김재열 작가가 강연하는 공간으로 우연히 가게 되었죠. 일주일에 한 번 열리는 그 강연은 팝과 인문학을 감성적으로 풀어주면서, 또 앉아서 하는 세계 여행이 콘셉트였어요. 남녀 불문, 나이 불문, 오감을 자극하는 강연을 듣는 사람들…. 이 시간에 기를 쓰고 나와 앉아서 문화의 감동을 느끼는 분들의 초롱초롱한 그 현장의 느낌이라니.

멋진 여성을 '쉬(시)'크하다고 말한다면 멋있는 남자는 '히'크하다 말해야 하나요? 멋진 여성의 기준을 우리는 어떻게 표현해야 할까요. 섹시하지만 천박하지 않고, 우아하지만 지루하지 않는 섹시함과 우아함의 중간이지 않을까요.

이런 말에 감탄사도 연발하며 쉼표를 음표로 만드는 사람들…. 물질을 소유하기보다 삶을 향유하는 데에 가치를 두는 사람들이었어요. 특히 술 마시는 곳으로 가지 않고, 이곳으로 달려온 남자들, 그들이 눈을 초롱초롱하게 하고 문화 강좌 현장에 있다는 것만으로도 코끝이 시큰했습니다.

통장을 불리는 기쁨도 물론 크고 요긴합니다. 하지만 통장 액수만으로는 공허하지 않을까요. '감성 통장', '추억 통장'이야말로 나를 전율시키지 않을까요. '감성 근육'으로 단련이 돼야 앞으로 닥쳐올 고난도 견뎌낼 수 있다는 것을 아니까요.

심장은 뛰어야 하는 거잖아요. 화석처럼 굳어가면 안 되니까요. 인생을 향유하며 사는 삶을 저는 갈망합니다. 소유보다 존재에 더 의미를 두는 삶. 무형의 자산으로 인생을 풍요롭게 만들며 사는 사람이 되고 싶습니다.

여기에 쓴 항목들은 소유와 무소유가 합체하여 내 심장을 쫄깃하게 그리고 설레도록 하는 것들이랍니다. 여기에 소개한 내 속살 같은 설렘의 항목 외에도 내 '추억 통장'의 항목은 이런 것들도 채워질 거예요.

일주일에 한 번은 문화 강좌를 듣기, 친구들이 오라고 하면 달려가기, 지구 살리기에 동참하기, 고아원에 가서 아이들과 함께 공 던지며 놀기, 외로운 노인과 이야기 나누기,

다른 사람이 이기게 해주기, 내 덕분에 다른 사람이 지구라는 이 별을 천국이라고 느끼게 해주기, 바이올리니스트 길샤함처럼 툭하면 방글방글 웃기….

건조해진 감성에 물을 팍팍 뿌려주는 것이죠. 신나게, 흥나게 말이에요. 이러면 난 더 설레는 '감성 재벌', '추억 부자'가 되지 않을까요. 그것이 바로 '매생이('매'력과 '생'기와 '이'해력을 잃지 않는)'가 되는 길이겠지요.

저의 그런 마음들을 절제 없이, 여과 없이 여기에 쏟아냈습니다.

그 시절 소녀와 만나보실래요?

사계절 제대로 만끽하기

벚꽃 새해에서 눈꽃 새해까지

정연

2년 남짓 베를린에 거주했던 그때 깨달은 것이 있다. 우리에게 사계절은 너무나도 절묘하게 배분되어 온다는 것! 보라고 봄이라면, 열라고 여름이요, 가라고 가을이고, 곁에 있으라고 겨울이다.

4월에 온 세상에 '벚꽃 새해'(김연수의 소설 제목)가 시작되면 〈벚꽃 엔딩〉이 좀비처럼 내 마음을 습격해온다. 꽃잎처럼 마음이 헤롱거리지만 나는 모름지기 이성 생물체와는 꽃놀이를 해본 적이 없다. 외로움 그 자체다.

황후의 치맛자락 같은 벚꽃의 눈부신 느낌은 미치도록 외

롭다. 목련은 아날로그 느낌으로 피어나 아득하도록 유혹한
다. 봄의 이 고독한 느낌이 날 환장하게 전율하도록 만든다.
봄꽃들은 하늘의 별들이 내려와 있는 것이다. 그러나 바로
가버린다. 봄날의 유한성을 봄꽃이 극명하게 보여준다.

　봄비도 좋다. 수주 변영로는 봄비를 '은실' 같다고 했는
데 은실 같은 비를 맞으며 봄비 오는 날은 광화문에 가야 한
다. 우산 쓰고 선 채 경복궁의 연잎 위에 내리는 비를 봐야
한다. 연잎이 비를 비워내면서 잎이 찢어지지 않는 무소유
를 느끼셨다는 법정 스님. 연잎이 빗방울을 비워내듯이 내
가 비워내야 할 것은 무엇일까. 비 오는 고궁에서 그 생각을
두어 번 하다 보면 봄날은 가버린다. 꽃잎을 실로 묶어둘 수
없듯이 봄은 흘러간다.

　찬란한 봄꽃이 지고 연두의 계절을 지나 나무가 무성해
지는 여름. 작열하는 태양 아래서 과일이 익어가는 과수원
과 태양 아래 빨간 샐비어와 노란 해바라기. 어니스트 헤밍
웨이는 아프리카 초원을 사랑했다고 한다. 뜨거운 태양이
여과되지 않은 채 바로 지상으로 쏟아지는 것이 좋다고 했
다. 그 원초적인 태양에 어지러운 느낌마저 좋았다고. 라디
오 방송 진행자 이숙영 씨도 헤밍웨이만큼이나, 아니 그보

다 더 여름을 사랑하는 여자다. 이글거리는 태양이 걸러지지 않은 채 쏟아져서 물렁거리는 아스팔트를 하이힐로 쿡쿡 찍으며 걸으면 전율이 인다는, 진정한 '여름 여자'다. 태양을 향해서 온몸을 내맡기는 여름 개방형인 그녀.

내가 여름을 기다리는 가장 큰 이유는 과일 때문이다. 좋아하는 과일이 제철인 여름이 다가오면 '여름 과일 맞이'로 냉장고를 정리한다. 커피는 뜨겁게, 수박은 차갑게 먹어야 한다. 냉장고에 있는 수박과 참외가 먹고 싶어서 집으로 막 뛰어가는 날도 있다. 땀을 씻고 나서 차가운 수박을 썰어 유리잔에 담고 포크로 찍어 먹는 기쁨! 조물주가 주신 여름 과일은 정말 신의 한수다. 고기보다 더 힘나게 하는 음식이다.

일본 작가 에쿠니 가오리를 잠깐 만난 적 있다. 그는 매일 오전 거품 목욕을 하고 과일을 먹을 때 행복하다고 털어놓았다. 내가 과일을 사랑하는 것과 비슷해 반가워서 펄쩍펄쩍 뛰고 싶었다. 그러나 여름은 너무 길다. 이상의 수필에 나오듯이 어디를 가나 권태로운 초록이다. 어느 순간부터 습도와 더위에 지친 산천초목이 지루해진다.

더위에 지칠 무렵, 우리는 가을이라는 선물을 받는다. 매미에서 귀뚜라미로 오버랩 되며 사람의 애간장을 끊는 가을만의 감성이 돋게 된다. 내 정신은 은화(銀貨)처럼 맑아지고, 하늘은 하루에 30센티미터씩 높아간다. 음악이 맛있어지고 모든 세포가 "으아!" 하고 소리를 지른다. 동맥도 꿈틀댄다. 가을 공기가 지상에 내려오면 뇌 구조가 마구 바뀌기 시작한다. 가을, 정말 뭣 때문에 지상에 내려와서 감성이 풍부한 나를 이리 괴롭히는가 말이다. 여름에 고개를 들고 걷던 나는 가을이 되면 구두코를 보며 걷는다. 가을에 왜 하늘이 높아지는지 나는 안다. 우리가 한숨 푹 쉬니까 고민 들어주기가 괴롭다고 하늘이 멀리 도망가는 것이다. 대학 시절 가을에는 마로니에 공원의 나무 밑에서 한숨 쉬느라 수업을 거의 빠졌다.

감나무에 주렁주렁 달린 감이 익어가고 뜰의 낙엽을 쓰노라면 나무는 서서히 나목이 되어 흰 눈을 유도한다. 밤새 눈이 쌓이면 나는 또 잠을 이루지 못한다. 무지 설레서. 인터넷 사이트의 닉네임이 '폭설'일 정도로 나는 눈을 좋아한다. 큰오빠가 들려주던 화롯가의 옛날이야기, 눈앞에서 눈사람마저도 다 묻어버리던 폭설, 우리 집 마당은 폭설에 뒤덮여 적막해지고… 그리고 이상하게 행복하던 느낌…. 가와바타 야스나리의《설국》처럼 철도 신호소까지도 눈 속에 파묻히는 마을에서 단 한 달만이라도 살고 싶다. 언제든 아무 때든 폭설이 내릴지 모르고 눈에 감금당한 채 긴 겨울을 보내야 하는 경험을 해보고 싶다. 아이들은 얼음을 깨며 놀고 온통 눈뿐인 적막한 '은 세계'…. 하늘에서 내리는 천사들의 엽서인 눈송이 눈 눈 눈… '눈꽃 새해'가 된다.

20대 때에는 눈을 보고도 무덤덤한 남자들은 다 해고해버렸다. 내 남자 친구로서 자격이 없다고. 그래서 20대를 외롭게 보냈다. 그것을 아는 것일까. 남편은 눈만 오면 바로바로 내게 문자를 보낸다. 전생이 '설녀'인 나를 묶어두기 위한 방법을 아는 것일까. 겨울에는 늘 눈 오는 날을 기다린다. 함박눈이 내리면 바로 뛰쳐나가야지. 올 겨울에는 볼프강 아마데우스 모차르트의 음악을 들으며 눈 쌓인 철길을 걷고 싶다.

초등학교
찾아가기

두 볼이 빨갛게 언 채
그네를 뛰던 그 소녀

정
림

지난 시간들을 회상한다. 하나의 사건들이 스토리로 연결돼서 기억되기보다는 정물이나 사진 한 컷처럼 조각조각 떠오른다. 골목에 서 있던 아버지, 무슨 일인지 모르지만 울고 있던 어머니, 그 남자의 목도리, 친구가 웃을 때 뺨에 고이던 보조개, 골목에 서 있던 눈사람….

앞뒤 이야기는 생각나지 않고 그저 한 장의 정물 사진처럼 떠오르는 기억들이 있다. 기억력에는 한계가 있어서 절대 잊어버릴 것 같지 않은 소중한 한때가 갑자기 머릿속에서 증발해버리기도 한다. 그러다가 그때 흐르던 음악이 들리면 "아! 그때 그랬지!" 하며 단편적인 필름 하나가 나타났다가 스러진다.

그런데 폐기 처분을 해버리기에는 너무 아까운 기억, 그 속에 유년 시절이 있다. 단편적인 기억을 붙잡고 그곳에 가면 가슴 뛰는 소녀를 만나게 되지 않을까? 두 볼이 빨갛게 언 채 그네를 뛰던 그 소녀를 찾아 집을 나선다.

내가 다닌 초등학교에는 나무가 참 많았다. 그 중에 기억하는 커다란 나무 한 그루. 어린 내가 두 팔을 쭉 벌려 안아도 다 안을 수 없는 나무. '퐁낭'이라고 불렀는데 퐁낭, 퐁낭, 퐁낭… 자꾸 그 이름을 부르면 물방울이 퐁퐁 솟아날 것 같았다. 제주도에서는 팽나무를 '퐁낭'이라고 불렀다. 그 키 큰 팽나무에 그네를 매달아 타기도 하고, 그 아래 그늘에 모여 앉아 소꿉놀이나 공기놀이를 하면 시간 가는 줄 몰랐다.

봄이 오면 교정에 연분홍 함박눈인 벚꽃들이 쏟아져 내렸다. 수위 아저씨는 바람이 불 때마다 한바탕 쏟아져 내린 벚꽃을 쓸어내느라 힘들어 했지만, 나는 꽃잎이 내리는 게 정말 좋았다. 그날도 아이들과 소꿉놀이를 하다가 고개를 들었는데 내 얼굴 위에 꽃잎들이 떨어졌다. 빙글빙글 공중제비를 돌다가 살포시 내려앉는 그 꽃잎이 마치 발레리나의 몸짓 같았다. 어떤 꽃잎은 팔랑대는 나비처럼 날갯짓을 하며 어디론가 흘러갔다. 손을 뻗으면 꽃잎이 스치며 봄의 속살이 만져졌다. 가슴이 뛰며 볼이 붉어졌다.

봄비 내리는 날이면 꽃잎들은 운동장 흙에 파고들어 문신처럼 새겨졌다. "이 노므 꽃잎들…" 수위 아저씨의 툴툴거리는 목소리가 한 옥타브 높아지지만 내 마음은 다른 이유로 한 옥타브 올라갔다. "아!" 꽃잎을 수놓은 운동장은 꽃판이 되었다. 봄의 운동장은 어린 내 마음에도 꽃물을 들여 머리가 어지러웠다.

나이가 들어 중년의 나이에 도달한 어느 날, 알게 되었다. 꽃잎이 떨어져 내리는데 한 옥타브 올라간 감탄사가 이제는 튀어나오지 않는다는 것을, 도시의 거리 위에 나뒹구는 꽃잎이 아름답다기보다 처절하다는 것을….

꽃잎을 보며 가슴이 콩닥콩닥 뛰던 순수를 찾아 나선 외출. 초등학교 교문으로 들어섰다. 느리게 걸으며 운동장으로 들어갔다. 퐁낭은 그 자리에 그대로 서 있었다. 키가 더 커지고 부피가 더욱 늘어났어야 할 나무가 그대로, 아니 더 작아진 채 나를 맞았다. 그 나무 아래에 앉았다.

아직 그네가 매어져 있는 그곳에서 열 살 계집아이를 만났다. 그네가 무서워 타지 못하고 우물쭈물 서 있던 그 소녀는 이제, 인생의 그네 앞에서 쩔쩔매며 서 있다.

소녀는 어느 날 용기를 냈고 주춤주춤 그네로 다가가 타 보았다. 그리고 두 볼이 빨갛게 어는 것도 모르고 신나게 그네를 뛰었다. 그 소녀가 나를 돌아보며 말했다. 두려워하지 말고 인생의 그네를 타라고.

흘러가는 강물에 물수제비를 뜨고, 무지개를 잡아보겠다고 뛰어가고, 하늘을 향해 두 팔을 벌리던 유년 시절. 그 시절의 나를 찾아가는 일은 이제는 뛰지 않는 가슴에 응급조치를 취하는 일이다. 아직도 두려워 인생의 그네 앞에 떨며 서 있는 나에게 '용기 백신'을 투입하는 일이다.

이제 그네 위에 힘차게 발을 올려놓게 될 것이다. 그까짓 그네쯤이야 박차고 날아오를 것이다. 뺨에 닿는 바람결을 한껏 느낄 것이다. 알싸한 공기를 마실 것이다. 힘껏 살 것이다. 한껏 사랑할 것이다.

내 안에는 아직 그 소녀가 산다.

젊을 때 한껏
방황하기

흔들리는 게
인생에 대한 예의다

정연

라디오 방송 진행자 이숙영 씨의 아버지께서 집으로 우리 팀을 초대하셨다. 아흔이라는 나이가 믿기지 않을 정도로 청춘이시다. 청계산 자락 외진 곳에 사시면서 나무와 풀들을 무척 예쁘게 애인처럼 가꾸어 놓으셨다. 맨 먼저 도착해서 보니 테이블에 냅킨을 깔고 계셨다.

오뉴월만 되면 우리 팀을 초대했으니 해마다 만난 셈이다. 이숙영 디제이의 아버지는 나를 보면 우선 칭찬부터 하신다. "송 작가, 왜 그렇게 예뻐졌어?"라고 인사하시며 빤히 내 얼굴에 시선을 멈추고 들여다보면서 웃으신다.

이비인후과 전문의로 평생 병원에서 진료하고 대학에서

연구하시다가 정년 퇴임을 한 뒤 연금을 받으면서 청계산 밑자락에 살고 계시는 그는, 분명 남자들의 로망이다. 올해 아흔이 되셨는데도 여자 친구들이 있다. 늘 곁에 두는 오리지널 여자 친구가 있고, 그 외에 가끔 술을 같이 마시는 여자 친구도 있다.

올해도 우리 프로그램 스태프들이 전부 그의 정원에 가서 단합 대회를 했다. 그의 말씀에 의하면 인생의 50대는 봄이라고 한다. 아직 인생의 여름에도 안 들어선 거라나?

"50대가 봄이요, 사춘기야. 사춘기 때 안 흔들리면 예의가 아니지."

그러니 30, 40대는 말하여 뭐하겠는가. 마구 흔들려야 예의인 것이다. 20대인 막내 작가가 20대는 뭐냐고 여쭈니까 대답하셨다. "인큐베이터에 있는 거지. 그러니 20대에 뭐가 잘되지 않는다고 인생을 인큐베이터에서 포기하면 안 되지. 일단 태어나고 봄, 여름, 가을, 겨울을 맞아야지."

또 한 작가가 30대라니까 말씀하셨다. "서른 잔치는 끝났다고? 아니지. 그건 애피타이저야. 아직 본 정식이 안 나왔어!"

그와 대화하면서 내 나름의 상념도 모락모락 피어난다. '마음을 열고 사람을 만나고 감정을 표현하고 흔들리기.' 이 래야 인생의 꽃이 피고 열매가 맺는다는 얘기다. '안정만 하 려고 하지 말기.' 흔들리지 않고 피는 꽃이 어디 있으랴. 흔 들려야 귀한 짝이 생긴다. 다 과정이니 말이다.

마음을 열고 흔들릴 준비가 돼야 사랑과도 만나겠지. 텔 레비전 속의 드라마를 보는 데 시간 쓰지 말고 이제 내 드라 마 속의 여주인공이 되려면 달려 나가야 하는 거지. 두려움, 공포, 불안, 의심 따위는 멀리멀리 내 뇌에서 영구히 퇴출 해버리자. 대신 낭만과 사랑을 소환해내는 거다.

이숙영 디제이의 아버지는 사랑에 대해서는 자유롭게 말 씀하시지만 결혼에 대해서는 정색하고 말씀하셨다. 사랑하 는 사람과 자기 주관대로 결혼하라고 하셨다. 결혼은 매일 집에 들어가서 보는 사람이고 한방을 쓰는 연인이므로 그냥 마냥 좋은 사람이라야, 그래야 결혼에도 충실할 수 있다고. 안 그러면 서로에게 다 힘든 일이라고. 그러시다가도 또 이 렇게 유쾌하게 마무리하셨다. "그래도 실수할 수 있지. 결 혼으로 자기 인생을 완전히 묶어버리고 남은 인생을 힘들게 지옥처럼 살 순 없지. 누구나 실수할 수는 있지. 왜? 인생은 흔들리는 게 예의니까. 하하하."

　이숙영의 아버지는 그야말로 '할배 파탈'이다. 얼마 전 몇 번의 암 수술을 흔쾌히 받아들이고 겪어내셨다. 왜? 누구나 겪는 거니까. 흔들리는 게 인생이니까. 모든 게 정지하지 않고 움직이는 것이니까.

　사랑에 실패했다고? 그러면 내 자신에게 이렇게 말하리라. 흔들리는 게 예의지. 인생에 대한 예의지. 흔들려봐야 설렘을 아니까.

Part
02

떠난다는 것의 의미

햇살 받으며
자전거 타기

숲속 꽃그늘 아래서
자전거를 타고

정림

밑줄 그으며 밤새 책 읽기, 혼자 산책하기, 좋은 사람과 만나기, 언제 들어도 좋은 음악 듣기, 기운이 펄펄 솟는 운동하기…. 이런 것들이 우리 마음의 화력 발전소다.

그중에서 나는 기운이 펄펄 솟는 운동을 자주 해보려고 한다. 실내에서 하는 운동은 답답하다. 밖으로 나가고 싶다. 문 밖에 나서는 그 순간 바람이 긴히 할 말이 있다는 듯 내 뺨에 노크한다. 어떤 때는 부드럽게, 어떤 때는 따끔하게. 하늘은 미세먼지로 잿빛일 때가 많지만 노을이 질 때는 유난히 붉은 가슴을 열어 보인다.

마음의 안테나를 세우고 자연의 메시지를 받아들이고 싶은 날이면 자전거 타고 달려보는 것은 어떨까.

나이를 먹으면서 줄어드는 호르몬을 대체할 수 있는 방법이 있다고 한다. 매일 걸어 다니거나 자전거를 타는 사람은 새로운 호르몬을 자체로 형성할 수 있다. 특히 햇살을 받으면서 자전거를 타면 호르몬이 형성되는 데 아주 좋다고 한다.

나는 무서움을 많이 타는 성격이라서 자전거를 좀 늦게 배웠다. 아이가 어릴 때 아이와 함께 공원에서 쌩쌩 자전거를 타고 달려본 이후로 좀처럼 자전거를 타보지 못했다.

이제 숲속 꽃그늘 아래서 자전거를 타고 달리는 계획을 세워본다. 자전거를 탈 때는 이어폰을 끼지 않겠다. 자연의 소리, 사람들 사는 소리를 듣기 위해서다. 나무가 우거진 숲속에서 자전거를 타고 달리노라면 새소리, 샘물이 흐르는 소리, 어디선가 깔깔 웃는 아이들의 소리가 자전거 바퀴 소리와 함께 어우러질 것이다.

그날 구름은 어떤 무늬로 나에게 사인을 보내줄까.

놀이 공원에 가서
종일 놀다 오기

마흔이면 어때,
네 살 아이처럼

정연

나이 든다는 것은 늘 걱정을 머리에 탑재하고 산다는 의미인가. 꿈속에서조차도 근심과 한숨을 싣고 다니다가 지쳐서 일어난다. 종종 마음속의 그리움조차 다 로그아웃을 하고 비워내야 경쾌하게 살 수 있을 텐데 왜 이리 무거워져 가는지.

　새로 부임한 장관의 책상보다 더 복잡하게 쌓여 있는 내 머릿속 결재 상황. 이것들을 다 비워내는 방법이 있다. 판타지가 있는 놀이 공원으로 무작정 뛰어가는 것.

　아이를 위해서 놀이 공원의 표를 사는 것이 아니라 오늘 하루는 나를 위해서 입장권을 사는 것이다. 인생이 '숙제'가 아니라 '축제'라는 것을 그곳이 증명해줄 테니까. 페스티벌, 이벤트, 파티, 카니발! 듣기만 해도 설레는 이름들이다. 1년 내내 달콤하게 펼쳐지는 그곳으로 달려가서 내 나이를 잊고 놀아보는 것이다.

놀이 공원에 들어선 순간 내가 입고 있던 어른의 가면은 벗어버리리라. 스릴을 즐기고 싶다면 가장 극도의 공포를 한순간에 주입하는 자이로 드롭을 선택하자! 공중에서 바로 땅으로 직진 하강하는 자이로 드롭. 하늘과 닿을 듯한 곳에서 시작하는 순간 낙하의 아찔함이라니. '자이로'는 '바퀴'라는 의미다. 바퀴는 문명이다. 그러니 '자이로 드롭'이란 '문명의 추락', '문명의 낙하'라는 뜻이다. 섬뜩한 공포를 맛본 후의 세상은 가장 평온하고 안심되어 보인다.

다음으로는 흔들거리고 빙빙 도는 놀이 기구를 타보자. '자이로 스윙'은 '문명의 혼란'이라는 의미고, '자이로 스핀'은 '문명의 회전'을 뜻하리라.

그런데 즐기고 싶어도 놀이 기구 타는 것을 유난히 싫어하는 사람이 있다. 놀이 기구라는 것이 중력과 낙하의 법칙을 이용해서 인간의 공포 법칙을 계속 만들어내는 것이기에 그것에 이용당하고 싶지 않다는 사람들이 있다. 두 발이 대지에서 떨어지는 것에 대해 극도의 스트레스를 받는 쪽이라면 놀이 기구 이용권에 돈 쓰지 말고 차라리 동물원 쪽으로 가자.

곰은 네 발 동물인데 어쩌면 저렇게 설 수 있지? 기어 다니는 도마뱀이나 두더지, 너구리는 서지 못하는데 원숭이나 오랑우탄은 네 발인데도 두 발로 걸어 다니는 것이 신기해서 그들에게 박수를 보내보리라.

유럽의 동물원에서 포유동물이 즐비한 곳에 가보면 맨 끝에 거울이 놓여 있다. '이건 뭐지?' 하고 들여다보다가 자신의 모습이 비쳐서 '앗 깜짝이야!' 하고 웃은 적이 있다. 거울속 자신이 포유류의 끝이라는 의미다.

놀이 공원에 있는 식물원도 아주 근사하다. 아이 때는 들리지 않던 식물의 두런거리는 소리를 듣게 된다. 꽃나무들이 "난 홍천에서 왔어요.", "난 소백산에서 왔어요." 하는 소리를 낸다. 자그마한 꽃들을 보면 지상에 내려앉은 별처럼 느껴진다. 자기 의도와 상관없이 먼 곳에서 이곳으로 이식돼서 자라는 식물들. 그들의 얼굴을 들여다보면 꽃 속에 내가 있음도 알게 된다.

놀이 공원에 가면 이마에 생긴 쌍꺼풀들이 지워지고, 세월이 만든 얼굴의 거미줄들이 말끔히 제거되는 느낌이다. 어린 시절의 그 철없음과 참을 수 없는 가벼움을 복원하는 시간들. '신발에 자갈이 가득한데 어떻게 하늘의 별을 보리.' 하는 마음에서 이제는 자갈이 든 신발을 톡톡 털며 잠시 앉아 하늘을 보는 시간으로 변환하자. 신발에 자갈과 모래가 가득한 것, 그것이 인생 자체다.

마흔이면, 쉰이면 어때.
네 살, 다섯 살 아이처럼 신나게 놀다 오면 되지.
돌아오는 내 발걸음에는 음표가 실리리라.

서울 시내 투어하기

익숙한 곳의 낯선 여행자가 되어

정림

누구에게나 꿈꾸고 싶은 '정신의 사치'라는 게 있다. 두 팔로 다 안지 못할 정도로 풍성한 장미 송이를 받아보고 싶다든지, 세상에서 가장 맛있는 커피를 만드는 곳을 찾아가서 그곳에서 그윽하게 차를 마시고 싶다든지…. 그런 정신의 여유, 사치를 누리고 싶다.

종종 이런 하루를 꿈꾼다. 연애 소설을 열 권쯤 쌓아놓고 종일 읽고 싶다. 극장 전체를 전세 낸 것처럼 돌아다니며 첫 회부터 마지막 회까지 영화를 몽땅 다 보고 싶다. 좋아하는 운동만 실컷 하고 싶다. 집 안이 쾅쾅 울릴 정도로 볼륨을 최고로 높이고 음악을 맘껏 듣고 싶다. 그리고 가끔은 내가 사는 이곳을 여행하고 싶다….

여행이 갖는 매력 중에 가장 큰 것은 '낯설음'에 있다. 낯설음은 상상력을 자극해서 이미 존재한 세계를 새롭게 보게 한다. 그러나 낯선 곳으로 떠날 수 없다면 내가 사는 이곳을 여행해보는 것도 좋다. 그 여행의 테마는 '익숙한 곳을 낯설게 바라보기!'다.

나는 가끔 서울에 처음 온 사람처럼 광화문에서 서울 시내 투어 버스를 탄다. 이곳을 여행하는 이방인처럼 여행객을 위한 커다란 투어 버스를 타면 서울이라는 익명의 도시에서 난 다른 나라에서 온 여행객처럼 새로운 시선으로 창밖의 서울을 바라본다. 투어 버스 높이의 시야에 들어오는 서울은 충분히 새롭다.

투어 버스는 고궁만이 아니라 서울의 민낯인 명동, 동대문 시장, 대학로에도 정차한다. 처음 온 사람처럼 명동을 느끼며 명동의 충무 김밥도 먹고 길거리에서 모자도 사고 양말도 사고 군것질도 하며 거닐다가 30분 간격으로 오는 투어 버스에 다시 오른다.

여행객의 시선으로 보는 서울은 확실히 신선하다. 뒤뚱거리는 비둘기에게조차 인사하게 된다. 관점을 바꾸니 이렇게 다시 도시의 모든 풍경과 화해한다. 남산 한옥 마을에 들러 산책도 하고 관광객처럼 '셀카'도 찍는다. 그러다 중간중간에 마시는 서울의 커피는 그윽하고 생수의 맛도 상쾌하다.

남산 꼭대기에 내려서는 '어떻게 도시 한복판에 이렇게 아름다운 산이 있을까!'라고 감탄을 연발하며 산길을 거닐다가 다시 투어 버스에 오른다. 덕수궁, 경복궁, 창덕궁, 창경궁에서 하는 산책도 감성을 돋게 한다. 내가 사는 곳을 여행객이 되어 걸으면 익숙한 곳이 낯선 곳이 된다. 고마운 줄 모르고 살아가던 이곳의 새로운 매력을 발견하게 된다.

여러 여건상 시내 투어조차 사치라고 여겨지는 날도 있다. 그런 날이면 내가 사는 이 동네를 천천히 둘러보는 것도 좋다. 가끔 뜻하지 않은 시간에 동네를 걸어보는 때가 있다. 뭘 놓고 가서 집에 들어간 오후의 어느 시간 또는 오전의 어느 시간에 동네를 걸어보는 때가 있다. 그럴 때는 내가 사는 동네의 새로운 매력을 발견한다. 골목길에 서 있는 가로등도, 늘 우리 집을 지켜보고 있는 나무 한 그루도, 동네 어귀에 있는 슈퍼마켓도, 커피 향기를 전해주는 길모퉁이 카페

도, 어머니가 좋아하시는 팥빵을 맛있게 굽는 빵집도…. 이
동네를 정겹게 하는 모든 것이 참 고맙다. 새롭게 고맙다.
시간의 기분에 따라서, 또 계절의 변화에 따라서 내가 사는
이곳의 느낌은 아주 새로울 수 있다.

　내가 사는 이곳에서 즐겁게 살아가는 비결은 내가 사는
이곳을 사랑하는 길밖에 없다. 사랑하기 위해서는 호기심이
필수다. 내가 사는 이곳에는 도서관이 어디쯤 있나? 박물관
은 어디에 있나? 운동할 수 있는 공간은 어딜까? 산책할 수
있는 공원은 어디쯤 있나? 세밀한 탐색이 필요하다.

　낯선 곳으로 떠나는 여행도 좋지만 내가 사는 이곳의 매
력을 새겨보는 시간을 자주 가지고 싶다. 그리고 서울 시내
의 곳곳을 여행객이 되어 다니고 싶다. 혼자 또는 사랑하는
사람과 함께 말이다.

　내가 머물지 않는, 내가 머물 수 없는 '다른 곳'에 대한 동
경…. 누구나의 마음에 다 있다. 그러나 결코 다다를 수 없
는 '다른 곳'의 매혹에 지지 말고 내가 머물 수 있는 곳의 매
력을 새롭게 찾아가는 것. 그것이 어쩌면 열쇠를 잃어버리
지 않는 비결이 아닐까.

과감한
여행 계획 세우기

동전을 던져
여행지를 골라보니

정연

영화 〈카모메 식당〉에서 아는 사람도, 계획도 없이 무작정
핀란드로 여행 온 미도리와 사치에가 이야기를 나눈다.

"어떻게 핀란드로 오게 됐어요?"

"그냥 골라잡았어요. 어디든 떠나고 싶었거든요. 세계 지
도를 펴 눈감고 손을 짚은 곳이 핀란드였어요."

"아니, 그럼 알래스카였다면 알래스카에 갔어요?"

"네."

"타히티였다면 타히티에 갔을 거고요?"

"당연하죠."

나도 그 상황이라면 동전이 떨어지는 곳으로 여행을 떠났을까. 나 역시 과감하게 여행 가방을 챙겼으리라. 다른 면으로는 소심한데 여행에서만은 과감한 편이니까.

결혼하고 나서 남편과 여행 계획부터 짰다. 1년에 한 번은 꼭 긴 휴가를 가자. 돈도 시간도 여행에 많이 할애하자. 여러 군데 돌아다니지 말고 한 번에 한 나라에만 가자.

처음 몇 년간은 그럴 여유가 주어지지 않았다. 남편의 공부가 길어지면서 아기의 분유 값을 걱정하는 나날이었으니 여행을 갈 엄두가 나지 않았다. 대신 전국 여기저기 갈 수 있는 곳으로 떠났다. 한 달에 두 번씩 2년간 다니면 우리나라 48군데에 갈 수 있고 5년간 다니면 120군데에 갈 수 있는 셈이다. 꼭 유명한 여행지가 아니라도 발길이 닿는 대로 주말이면 떠났다. 바닷가에서 텐트를 치고 기타 치며 노래 부르고, 라면도 끓여 먹고 믹스 커피를 진하게 타서 마시며 밤하늘의 별을 보았다. 안 가본 곳이 없을 정도로 싸돌아다녔다.

결혼한 지 10년이 되면서 해외여행의 꿈이 폭발하듯 터져 나왔다. 한 나라를 집중적으로 공략하기! 그렇게 떠난 우리 부부의 첫 여행지는 이탈리아였다. 먹고 잘 수 있는 본모빌

(Wohnmobil)을 렌트해서 이탈리아만 보름간 돌아다녔다.

그다음 여행지는 핀란드! 그다음에는 우즈베키스탄, 독일, 일본, 호주, 영국…. 1년간 열심히 일하고 돈을 모아 여비로 많이 충당했다. 요즘 '욜로(You Only Live Once : 지금의 행복이 가장 중요하다)족'이 많은데 우린 이미 그때 그렇게 지냈다. 여행지에서 맛있는 거 먹고 오는 즐거움만이 이유는 아니다. 그 나라의 역사와 문화를 체험하고 이해하는 계기로 만드는 것이다.

관광이란 빛을 보는 것이라고 하지 않는가. 여행이란 여행을 통한 균형 있는 시선이나 세계를 향한 이해가 있기에 의미와 재미가 굴러들어오는 것이다.

최근에 여행한 스페인의 경우는 감성적 느낌이 유난히 많았다. 15세기에 풍덩 떨어져서 지내다온 기분이랄까. 중세가 디테일하게 숨 쉬는 나라 스페인은 유난히 역사적 상상력과 영상적 창의력이 솟구치는 나라였다. 콜럼버스가 담대하게 대서양을 건너서 새로운 대륙을 찾아내면서 그는 영웅이 됐지만 약탈당하고 빼앗긴 곳에서는 그가 침략자인 셈이라는 것을. 잘 살고 있던 인디언들의 공간을 어느 날 날벼락처럼 콜럼버스가 배 타고 말 타고 와서 뺏어간 셈이니까.

여행지에서 감흥을 느끼려면 몰입이 중요하다. 쿵쾅쿵쾅까지는 아니어도 뭉클뭉클 느끼는 감흥은 몰입에서 나온다. 전혀 다른 생각이 안 나고 지금 이곳에 이민 온 듯이 편하게 돌아다닌다. 그러려면 살고 있는 곳에 마음을 다 내려놓고 가야 한다.

거주지에서 살던 마음을 고스란히 데리고 가면 감흥을 느끼기 힘들다. 여행을 갈 때마다 집에 두고 갈 게 있다. 걱정, 관계, 나이, 직업, 모든 의무…. 여행을 떠나는 것은 어쩌면 일상에 대한 회피일지도 모르겠다. 끝까지 소진하고 나서 달려가는 도피처. 이게 옳다, 저게 옳다, 아등바등하던 것들이 얼마나 사소한 부분이었는지 깨닫게 된다.

앞으로도 그렇게 털어버리고 갈 여행지가 많다. 느림의 미학 그러나 격정의 절정인 타히티, 그리고 남태평양, 바하마, 하와이, 남프랑스, 베르겐, 마추픽추, 산토리니. 또 여인의 빨간 드레스 자락과 붉은 사상의 여운이 있는 쿠바에 가서 헤밍웨이의 흔적도 만나고 싶다.

캘리포니아 1번 도로도 달리고 싶고, 클린트 이스트우드가 시장으로 있었던 카멜의 오래된 호텔에서 장미꽃 가득한 욕조와 삶의 여유도 느껴보고 싶다. 비벌리 힐스 서쪽 태평양 연안에 자리 잡고 있는 아름다운 산타 모니카 해변, 그리고 인도의 타지마할…. 나의 꿈, 꿈, 꿈 조각들….

여행은 뇌를 재충전하고 깨어나게 한다. 새로운 곳을 찾아가면 새로운 사고를 하게 된다. 여행은 편하게 하는 여행이 당시에는 좋지만 나중에 떠올리면 생고생하던 여행길이 더 빛나는 기억으로 반짝인다. 여행은 결과나 목표가 아니라 과정이기 때문이다.

아, 여행 팁 하나를 말하자면, 여행지에서는 꼭 베개에 라벤더 오일 한 방울을 떨어뜨리고 주무세요. 숙면할 수 있습니다.

매일 핸드백 속에
여행 짐 꾸리기

떠나기 좋은 시간,
지금 이 순간

정
림

어린 시절에는 공책을 다 쓰고 나면 한 장을 찢어서 종이비행기를 접었다. 그리고 먼 하늘로 날리며 높이높이 날아가라고 응원했다.

어떤 날에는 종이배를 접어 시냇물로 흘려보내며 멀리멀리 가라고 응원했다. 종이비행기는 하늘 저 멀리 날아가다가 거친 바람을 만나 그만 곤두박질쳤다. 종이배는 냇물 저 멀리 흘러가다가 바위에 부딪쳐 더는 가지 못했다. 종이비행기와 종이배를 접어 멀리 띄워보던 어린 시절에 이미 알아버렸다. '인생이 뜻대로만 되는 건 아니구나.' 하는 사실을.

언제나 잘 나가기만 하는 인생이면 얼마나 좋을까? 종이로 만든 비행기나 배처럼 우리 삶은 찢어지기 쉽고 나약하다. 언제든 돌아가 쉴 수 있는 사람이 있다면 그 어떤 점보 비행기보다 멀리, 높이 갈 수 있을 것 같은 힘이 생기기도 한다. 그래서 애써 찾는다. 멀리 가다가 힘에 부치면 언제든 불시착할 수 있는 가슴 하나, 사랑하는 사람을…. 나만의 활주로이자 비상구를….

그런데 언제나 비상구가 되어주던 사람을 잃어버렸을 때는 어떡하면 좋을까. 어른이 되어도 수학 문제처럼 인생은 어렵기만 한데…. 가르쳐줄 인생의 과외 선생은 이제 없다. 그럴 때는 훌쩍 떠나보기를 권한다.

사실 나는 아무 생각 없이 훌쩍 떠나지 못했던 사람이다. 이것저것 할 일들이 생각나고 챙겨야 할 사람들이 떠오르고 여행 경비가 계산되고…. 그러다 보니 떠나기보다 머물러 있는 편이었다. 그러던 어느 날 길을 걷다가 기차역이 보이자 그냥 들어가 기차표를 사버렸다. 우발적인 사고처럼 일어난 일이었다. 목적지를 꼭 정하지 않아도 좋았다. 중간에 마음 내키는 대로 내렸다. 발길이 닿는 대로 걸으며 이방인의 마음으로 여행했다.

의도하지 않았던 짧은 그 여행은 내 삶을 바꿔놓았다. 생각의 휴지통이 분리수거된 느낌이랄까? 무겁게 짓누르던 쓸데없는 걱정은 버리고 꼭 해야 할 일들만 담아두고 돌아왔다.

그 후 나는 들고 다니던 핸드백을 배낭으로 바꾸고 그 안에 여행 짐을 꾸리고 다닌다. 언제 떠날지 모르니까. 여행 짐이라고 해봐야 별 거 없다. 간단한 세면도구와 양말 정도면 된다.

기차를 타고 가다 이름 모를 간이역에 내려서 이름 모를 거리 속으로 들어가는 여행, 차를 몰고 가다가 작정도 없이 아무 곳이나 내려 모르는 사람들 속으로 들어가는 여행⋯. 그렇게 가끔은 인생의 삐딱이가 돼서 낯선 곳으로 가고 싶다. 그리고 지나가는 사람에게 이렇게 묻는다. "여기서 가장 가볼 만한 데가 어디예요?"

사실 배낭 속 여행 짐을 사용하지 못한 채 그대로 집으로 돌아오는 날이 대부분이다. 그러나 언제든 여행을 떠날 수 있다는 사실이 내 심장을 뛰게 한다. '나는 지금 이 순간 떠날 수 있다!' 이 사실만으로 나는 살아 있는 것 같다.

갑자기 불어닥친 인생의 바람 때문에 눈물이 날 것 같다면, 차갑게 돌아서 걸어가던 그 사람의 뒷모습만 어른거린다면, 그 사랑이 맵고 쓰라려 눈물이 난다면, 잊어버리려 해도 떨치지 않은 기억으로 괴롭다면 일단은 떠나보자.

어디를 향해 달려가는 것들이 있는 길…. 길 위의 것들이 유난히 좋아 보이는 건 어디로 떠나고 싶다는 증거다. 그건 곧 '감성 탱크'가 지금 비어 있다는 사인이다.

작정하고 떠날 필요는 없다. 같이 여행할 사람을 굳이 찾지 않아도 좋다. 홀연히 혼자 떠난다. 낯선 동네의 어느 곳을 혼자 걷는다.

그렇게 비워진 마음에 천천히 채워지던 사람이 있다. 그에게 전화를 걸어 안부를 전한다.

"잘 지내나요?"

"난 잘 지냅니다."

비행기 안에서
재미있게 놀기

지구에서 가장 멋진
공중 카페

정연

처음 비행기를 타던 날이 생각난다. 비행기를 타는데 가슴이 떨려서 심장이 밖으로 나올 것 같았다. 신발주머니를 주면서 신발을 벗으라고 하면 벗고 싶었다. 카펫이 깔려 있는 근사한 실내에서 예쁜 스튜어디스 언니들이 인사하며 맞아주었다.

잠시 후 내가 탄 비행기가 구름을 타고 날았다. 마법처럼 앞 의자에 붙은 작은 탁자를 펴니 티 테이블이 되었다. 스튜어디스들이 다정하게 말을 건네며 오가며 보살피고…. 이런 안락함은 내 상상을 초월했다. 신나고 경이롭다는 게 바로 그런 것이었다. 비행기가 하늘로 뜨는 것도 너무 신나서 소리를 지르고 싶었다.

국제선을 타고 멀리 갈 기회가 생기니 비행기는 갑자기 레스토랑도 되는 것이 아닌가. 내가 밥하지 않아도 나오는 기내식의 별미라니! 멀리 갈 때는 와인 혹은 맥주까지. 비행기는 그야말로 지구에서 가장 근사한 '공중 카페'였다.

일상의 궤도를 벗어난 내 일탈의 시간에 만나는 비행기. 비행기 높이에서 보는 구름도 좋다. 흡사 설원 같은 하얀 구름 위에 떠 있는 느낌도 환상적이다.

비행기에서는 누가 일하라고 등을 밀지도 않고 또 새로운 사람들과 함께 일정 시간 같은 실내에 있는 설렘, 영화와 책과 휴식을 선택할 수 있는 완벽한 자유, 몇 시간 동안의 달콤한 감금이랄까.

국제선을 타고 멀리 갈 때는 야간 비행의 느낌도 신비롭다. 앙투안 드 생텍쥐페리는 혼자 사막 위를 비행하며 얼마나 외로웠을까 싶다. 난 혼자가 아니라 행복하다. 지금 내가 탄 비행기는 어둠에 묻힌 어느 사막을 날고 있을까. 가끔 배가 지나가는 어느 밤바다 위를 날고 있을까. 그 신비로움이 솟구친다. 야간 비행을 같이 하고 있는 많은 사람이 있다는 것이 축복이고 내 기적의 인연같이 느껴진다.

나는 여행을 갈 때 책을 갖고 가는데 비행기에서 읽은 책을 그 비행기에서 가장 친절하고 따뜻한 스튜어디스나 스튜어드에게 선물한다. 내 나름의 선정을 하는 것이다. "친절상을 드립니다."라고 쓰고, "당신 덕에 비행기에 있는 시간이 편안하고 좋았습니다. 감사합니다. 어느 승객으로부터." 이렇게 쓴 후 비행기 번호와 날짜를 써서 비행기에서 내릴 때 책을 건넨다.

언젠가 일본으로 가는 비행기 안에 아버지와 나란히 앉아 있었을 때 아버지의 말씀이 생각난다.

"난 비행기에 있는 시간이 좋다. 기내식도 좋고, 쇼핑도 할 수 있으니까."

그러면서 아버지는 기내에 비치된 쇼핑 책자를 넘기면서 어머니에게 드릴 선물을 고르셨다. 그때 "아버지! 맘껏 고르세요! 제가 다 사드릴게요."라고 말하지 못한 게 한스럽다.

비행기는 추억이다.

누군가와 같이 가는 추억, 누군가를 만나러 가는 추억, 그리고 돌아오기 위한 여정. 딱 그 몇 시간만큼 인연들의 설렘.

다음에 공중 카페로 올라설 때는 더 환한 미소를 짓고 사람들을 만나리라.

빵지 순례하기

빵덕후 빵작가의 빵타령

정연

방송사에서 함께 일하는 동료들은 나를 '갸루상'이라고 부른다. 밀가루에서 앞에 밀을 빼고 부르기 쉽게 '가루상'이라고 하다가 '갸루상'이 되었다. 내 친구들은 나를 '빵순이'라고 부르고, 청취자들은 나를 '빵작가'라고 부른다. 워낙 내가 빵을 좋아해서 맛있는 빵에 탐닉하기 때문이다.

밀가루가 발효하며 빵이 되는 과정을 상상하며 마음이 효모처럼 부푼다. 그러다 보니 맛있는 빵이 있는 곳이라면 멀리라도 달려가서 얻게 된다. 성지 순례는 아직 못했는데 빵지 순례는 꽤 다니고 있다. 요즘 식빵에 탐닉하는 나를 보고 친구들은 "넌 언젠가 커다란 식빵을 안고 순직할 거 같아."라고 놀린다.

내 첫사랑 빵은 제주도 칠성로. 내가 다니던 신성여고 앞에서 팔던 식빵이다. 순박한 청순미가 폭발하던 그 식빵은 그야말로 빵의 정석이었다. 그 포근한 덩어리가 결결이 뜯어지며 입으로 들어가는 자태라니. 매일 내 저녁은 요즘 말로 '답정녀', 무조건 답은 정해진 그 식빵이었다. 매일 학교에서 나오면 식빵을 사고 자취방으로 가서 음미하며 흡입했다. 그래도 그 시절 나는 매일 '혼빵(혼자 빵 먹기)'은 했으나 '길빵(길에서 빵 먹기)'까지는 하지 않았다.

두 번째 빵은 대학 시절에 만난 크라운 제과의 모카빵이다. 안 그래도 내 혈관에는 커피가 흐르고 있을 것만 같은 커피 마니아인 내게 모카빵의 등장은 충격 그 자체였다. 빵과 커피의 만남이라니. 이건 나를 위한 빵이지 않은가. 모카빵은 칼로 썰어서 먹는 빵이 아니다. 손으로 살짝 귀퉁이부터 뜯어먹으면 겉은 바삭바삭하고 속은 부드럽다. 탐닉하여 먹다 보면 입안에서는 행복감이 경이롭게 번진다.

그 후 커피번이 나오긴 했지만 모카빵을 처음 만났던 충격과는 비길 수 없다. 신기한 것은 나는 백화점 3층에 있는데도 지하에서 풍기는 커피번 향기를 맡아낸다는 것이다. 친구들이 신기하다고 할 정도로 내 코는 지하의 빵 굽는 집을 향해 있다. 그러나 커피번과의 만남은 몇 번으로 시들해지고, 깨찰빵이 나를 끌었다.

겉으로 볼 때는 딱딱한 빵 같은데 만지면 스르르 손에 감기는 깨찰빵. 원두 커피뿐 아니라 인스턴트 커피에도 어울리는 센스 만점의 빵이다. 입에 들어가면 껌처럼 쫄깃쫄깃 씹히는 대로 분쇄되며 입 안 가득 충만감을 준다. 그러나 깨찰빵과의 사랑도 입맞춤 몇 번으로 짧게 끝났다. 요즘은 매우 은혜로운 빵이 많아서 '빵덕후'인 내가 보기에도 획기적이고 파격적인 빵들이 내 손짓을 변덕스럽게 한다.

반죽이 초승달 모양처럼 둥글고 가늘기 때문에 붙여진 이름이라는 크루아상. 진한 아메리카노를 마실 때 안주처럼 찾게 되는 티라미수는 이탈리아어로 "나 자신을 위로해준다."는 뜻이라니 이름마저 사랑이 돋는다.

식빵도 일취월장하여 또다시 단독 제품으로 당당하게 나를 다시 찾아왔다. 예전에는 토스트나 샌드위치를 만들기 위한 기초 빵으로 "나 밀가루 빵이오." 하던 것이 이제는 마구마구 진화하고 있다.

발효 시간을 길게 하고 올리브나 무화과 등의 건강 아이템을 아낌없이 감싸 안는다. 그러니 밥보다 유혹적이라 이젠 참지 못하고 길빵마저 하고 있다. 찹쌀과 팥의 만남, 찹쌀과 치즈의 만남도 경이롭다.

"바로 만들었으니 집에 가자마자 비닐에서 빼서 김을 식혀주세요." 이런 대사는 또 얼마나 황홀한가 말이다.

빵은 발효 시간이 길수록 맛있고 건강하다. 빨리 급하게 만들어진 빵은 가볍고 싫증이 빨리 난다. 빵은 무엇보다 무게감이 묵직하게 느껴지는 것이 좋다. 모름지기 팥빵이라 함은 팥빵을 든 한쪽 어깨가 기울어야 제격이다. 비주얼이 매혹적이면 심장이 쿵쾅거리고 무게감이 있으면 감동하고 맛이 폭발하면 눈물이 나온다.

요즘은 다이어트나 건강을 위한다며 빵을 미워하는 사람이 꽤 있다. 글루텐이 범벅인 게 끔찍하다는 사람도 있다. 그러나 나에게 감동적 장면은 빵이 부푸는 상상이다. 《먹고

기도하고 사랑하라》라는 책도 영화도 있지 않는가. '다이어 트야 꺼져. 나 신나게 먹고 신나게 즐기고 오늘은 행복할 거야.'라고 생각되는 날에는 막 구운 신선한 빵을 사보라. 빵 굽는 냄새만 맡아도 기분이 좋아질 것이다.

　빵을 향한 내 사랑은 지울 수 없는 첫사랑과 같은 열정으로 각인되어 있다. 그들이 있었기에 내 인생은 늘 즐겁고 세상은 보석처럼 찬란했다. 불철주야 빵을 개발한 분들에게 이 자리를 빌려 뜨거운 감사 인사를 보낸다.

크루즈
여행하기

망망대해에서
창조적 멍 때리기

정연

지인 중에 평생 곁에 두고 싶은 몇 사람이 있다. 창의력 전문가인 광주대학교 전경원 교수도 그중 한 사람이다. 자주 보지 않아도 늘 친한 느낌이 드는, 절묘한 우정을 나누는 사람이다.

　1년에 한두 번 전경원 교수를 만나면 그간 어디를 여행하고 왔는지 그 이야기를 들을 생각으로 설렘이 폭발한다. 그는 여행 전문가는 아니지만 세계 어디를 가든 가이드를 할 수 있을 정도로 지구 곳곳에 꽃문양을 찍고 다닌다.

그에게서 듣는 여행 이야기는 남다르게 즐겁고 유쾌하다. 특히 그의 크루즈 이야기는 내 심장을 뛰쳐나오게 한다. 미국 플로리다에서 출발하는 카리브해 지역의 크루즈, 뉴욕에서 떠나 스페인 바르셀로나에 도착해 15일간 머물렀다는 지중해의 크루즈, 이탈리아 베네치아에서 시작해 그리스 산토리니를 경유한 크루즈 등등. 그는 3,000명 이상이 함께 승선할 수 있는 대형 크루즈 여행을 거의 섭렵했다.

크루즈 여행은 기간이 매우 중요하다고 한다. 여행 기간을 정할 때 '지북따 카아암'을 감안해야 하는데 '지북따 카아암'이라는 말은 '지중해와 북유럽은 따뜻할 때, 카리브해와 아시아는 아무 때나'의 줄임말이라나?

카리브해는 미국과 쿠바 사이에 있는 바다이니 1년 내내 날씨가 좋은 크루즈 정석 코스라 그곳도 마음이 끌리지만 나는 지중해 크루즈를 내 최우선 버킷리스트에 승선시켰다.

《그리스인 조르바》를 쓴 그리스의 대문호 니코스 카잔차키스가 말했다.

"죽기 전에 에게해를 항해하는 행운을 가진 사람은 정말 행복한 사람이다."

이 말이 내 뇌에 새겨져 있기 때문이다.

지중해와 에게해의 낭만적인 푸른 파도가 있는 아름다운 섬들, 특히 산토리니를 꼭 경유하는 크루즈여야 한다. 나는 우산도 산토리니가 그려진 명화 우산만 쓸 정도로 산토리니에 빠져 있다. 배에 짐을 두고 가볍게 산토리니에 내려서 그리스식 커피 한 잔을 들고 걸어보는 상상을 한다. 내 명화 우산에 찍혀 있던 파란 지붕과 눈부신 햇살, 앙증맞은 대문들, 독특한 간판들이 마법처럼 눈앞에 펼쳐지겠지.

산토리니에서 반나절 보내고 바로 또 배로 승선하면 내가 탄 배는 또 망망대해 한복판으로 항해할 것이다. 바다를 바라보며 멍 때리고 있다가 책을 읽고 영화를 보고 근사한 식사를 하고 공연을 보고 춤을 추고 샴페인을 따고 처음 보는 승객들과 이야기를 나누다가 밤이 되면 배 위에서 별을 보고 느지막이 일어나는 날은 침대로 갖다 주는 조식 룸서비스도 즐기는 상상….

그러다 낯선 외국 남자가 유혹의 눈길을 보내오면 어쩌나. 결혼했냐고 물으면 나는 "MBA"라고 하고, "Married But Available!"라고 우스갯소리를 하고는 유머였다고 웃음을 주리라. 그냥 이런 상상만으로도 즐거워진다.

바다 위의 스위트, 딜럭스, 발코니… 이런 낭만의 이름이 붉은 공간들…. 바람이 데려다주는 곳에 닻을 내리고 하늘과 바다가 맞닿은 곳에서 파도가 불러주는 자장가에 잠들고 온몸의 '감성 세포'를 깨우는 햇살에 몸을 맡기기라.

코발트빛 바다색도 저녁이 되면 슬그머니 석양에게 자리를 피해 주겠지. 크루즈에서 석양을 보고 있으면 어떤 기분이 들까. 내 삶을 돌아보며, 참 쉬지도 않고 열심히 일만 해온 내 인생을 돌아보며 코끝이 찡해질 것 같다.

취미가 뭐예요 ?

춤 배우기

슬픔이 내 삶 속으로
들어올 때면

정림

춤추는 걸 보면서 울어본 경험이 있는지? 나는 있다. 아니 아름다운 춤을 보면 꼭 운다. 이유는 아름다워서다. 손짓이, 몸짓이 무척 아름다워서, 그래서 운다.

나는 춤 공연을 보면서 아름다움과 슬픔이 이음동의어라는 사실을 알았다. 오래전 〈백조의 호수〉 공연을 보면서는 문훈숙의 손짓에 울었고, 얼마 전 뮤지컬 〈팬텀〉을 보다가는 김주원의 몸짓에 울었다. 이사도라 던컨의 춤은 인터넷에서 본 사진만으로도 내 넋을 홀려버렸다.

던컨은 쉰에 프랑스 해안에서 살아가던 초가을 어느 날 예술가 친구들 앞에서 마지막 공연을 한 후 빨간 스카프를 두르고 자동차에 올랐다. 그런데 목에 감은 붉은 스카프의 끝이 자동차 바퀴에 감기는 슬픈 사고가 그의 생을 가져가 버렸다.

> 슬픔이 내 삶 속으로 갑자기 들어왔다. 그리고 내 삶을 아름답게 만들었던 모든 것을 예고도 없이 빼앗아갔다.

던컨은 자서전에 그렇게 썼다. 스튜디오의 방세 마련에 대한 태산 같은 걱정, 난로를 뗄 석탄이 없어 추위에 떨어야 했던 가난, 연령의 차이를 초월해 고집스럽게 천재 예술가들만을 탐했던 숱한 로맨스, 춤추기 위해서라면 시베리아 한복판도 마다 않던 투혼, 오만한 미국에 진정한 정의와 자유를 외쳤던 용기, 미혼으로 낳은 두 아이를 자동차 사고로 잃고 나머지 삶을 스스로 망가뜨리며 살았던 처절한 좌절…. 그토록 치열한 전쟁 같은 삶을 살면서 춤을 췄던 던컨. 어쩌면 그에게 춤은 슬픔을 막아내는 방패가 아니었을까. 아니 다가오는 슬픔을 부숴버리는 방아쇠가 아니었을까.

던컨의 춤을 접한 순간 춤을 배우고 싶었다. 그래서 슬픔이 내 삶 속으로 갑자기 들어올 때면 춤으로 시름을 잊고 싶었다.

요즘은 성인 발레 학원도 많이 생겼지만 우선은 재즈 댄스에 도전해보기로 했다. 집에서 가장 가까운 무용 학원에 가서 재즈 댄스 수강을 시작했다. 서툰 동작에 웃음거리가 되기도 했고 용기가 나지 않아 뒤에서 쭈뼛거리다가 턴을 할 때 옆 사람과 부딪치기도 하고, "죄송합니다."라는 말을 수십 번 하며 배웠다. 그러나 끈기를 가지고 학원에 무조건 나갔고 어느 정도 음악에 맞춰 춤을 출 수 있게 되었다.

춤추는 순간에는 나이 따위는 저 멀리 밀어두었다. 닥쳐오는 현실 따위는 눈을 질끈 감고 보지 않았다. 음악에 맞춰 팔을 뻗고 다리를 뻗고 목을 가누고 턴을 했다. 그렇게 한참 선율에 몸을 맡기다 보면 온몸에 땀이 났다.

올해는 발레에도 도전하고 싶다. 기초부터 차근차근 배워서 발레복을 입고 춤추고 싶다. 그리고 꼭 한 가지, 올해가 가기 전에 하고 싶은 일이 있다면 바닷가에 가서 홀로 춤추고 싶다. 맨발의 던컨처럼 맨발로 자유롭게 춤추고 싶다. 멋진 춤이 아니면 어떤가. 동작이 좀 안 맞으면 어떤가. 누군 가 관객이 되어주겠다면 "No, thank you!"라고 말할 것이 다. 절대로 나 혼자여야 한다.

나 혼자 바닷가에서 춤을 춘다면 모래밭이 무대가 되어줄 것이다.

석양이 조명이 되어줄 것이다.

파도 소리가 음악이 되어주고, 물새가 관객이 되어줄 것 이다.

노래 열 곡
마스터하기

노래방에서
머뭇대지 말자

정연

〈도전 1000곡〉이라는 프로그램이 있었다. 그 프로그램을 애청하면서 느끼는 점은 노래 잘하는 사람이 부럽다는 것. 내 성대는? 한마디로 최악이다. 고음 불가에 조금만 소리를 질러도 바로 성대가 피로하고 아프다고 신호가 온다.

　나는 성대가 아파서 부부싸움도 못하는 사람이다. "당신은 정말 왜?" 하고 버럭 소리를 내다가 성대에 무리가 와서 뒤는 잇지 못한다. 늘 의문의 대패….

　노래도 마찬가지다. 복식 심호흡을 하며 공기 반 소리 반의 소리를 내보라고 하지만 성대도 타고 나야 한다. 가수를 뽑는 기획자들 이야기를 들어보면 음감이 뛰어난 사람이 아니라 성대를 타고난 사람을 뽑는다고 한다. 음감은 발전할 수 있다나. 그러나 성대가 원래 약한 사람은 아무리 음감이 뛰어나도 가수는 할 수 없다고 한다. 바로 나 같은 사람이다.

하지만 내가 노래방에 가는 것은 가수로서 가는 것이 아니라 즐겁기 위해서 가는 것이니 노래 열 곡쯤은 달달 외워서는 아니라도 노래방 모니터에 나오는 가사를 따라서 신나게 부를 수 있어야지 싶다. 뜨겁게 타오르는 분위기에 순식간에 찬물을 끼얹는 분위기 소방수는 되지 말아야 하니까.

노래방을 피할 길이 없다 보니 혼자 노래연습장에 몇 번 가서 연습하기에 이르렀다. 혼자 노래방에 가서 노래방 기계에 기본으로 장치되어 있는 기능 몇 가지를 활용해보았다. 음 높이는 꼭 남자 키와 여자 키 말고도 단계를 낮추어서 내 음에 맞추려면 음정이라고 쓰여 있는 부분을 내리면 된다.

노래 빠르기도 템포라고 쓰여 있는 것을 화살표로 올리든지 내리든지 하면 된다. 점프 기능도 있다. 1절과 2절 사이에 간주를 빼고 싶다면 간주 점프를 누르면 된다. 노래 마디를 짧게 하고 싶다면 마디 점프를, 바로 2절 부분으로 넘어가게 하려면 절 점프를 누르면 된다.

혼자 노래하다 보니 여럿이 노래하는 자리가 더 즐겁다는 것을 알았다. 노래방에서는 노래 잘 부르는 사람이 박수를 받지만 못 불러도 자신이 즐기면서 하는 사람이 더 인기가 있다. 음을 이탈하면 어떤가. 즐겁게 부르면 된다. 실수 없는 완벽한 사람은 부러움을 낳지만 부족하고 실수하는 사람은 정겨움으로 사랑받는다. 재미있게 즐길 줄 아는 사람이 최고다.

나중에 나이 들면 기력이 떨어져서 노래방에도 안 간다고 한다. 노래방에 가서 놀 수 있을 때 잘 놀고 와야겠다. 한 시간 정도 시간을 유희할 줄 아는 사람. 남이 부를 때 박수를 맘껏 치고 탬버린도 손바닥에만 치지 말고 어깨에도 무릎에도 팔꿈치에도 치면서 즐겁게 놀아야겠다.

노래의 힘은 우리가 생각하는 것 이상으로 엄청난 것이다. 가톨릭 노래인 〈그레고리오 성가〉의 기원을 아시는지. 중세 때 수도사들의 수도 방법은 딱 두 가지밖에 없었다고 한다. 15년은 묵언하고, 15년은 가시 면류관으로 등을 때리며 수행한다. 그런데 수도사들이 일찍 죽는 일이 많아서 고민이었다. 어느 수도원장이 모든 기도를 합창으로 불러보자고 제안했고 그렇게 반주는 없는 〈그레고리안 성가〉가 탄생했다. 아침, 점심에 노래로 기도했더니 수도사들의 얼굴도 밝아지고 건강도 좋아졌다고 한다.

음악이 인간의 수행에 득을 주느냐, 해가 되느냐. 음악이 마음을 어지럽히느냐, 정신을 고양하느냐. 그 논쟁은 지금까지도 계속되고 있지만 음악이 오래 살게 하고 마음을 밝게 하는 데는 분명히, 확실히, 도움이 된다고 입증이 된 셈이다.

노래는 추억으로 듣고 설렘으로 부른다. 내 리즈 시절이 그립다면 그 시절 추억을 소환할 만한 노래로 선곡한다. 내가 노래방에서 부르는 노래들은 다 가사가 통속적이다. 나는 세속적이고 감상적인 노래들이 좋다.

헤르만 헤세는 "그리움이 나를 밀고 간다. 나를 견디게 한다."라고 말했지만 결핍도 나를 이끌고 간다. 노래가 나를 견디게 하고, 나를 이끌고 간다. 행복의 나라로.

악기 한 가지 배우기

내 인생에 선물하고 싶은 한 가지

정림

날아갈 수 있는 존재들, 그러니까 날개를 가진 존재들이 부러울 때가 있다. 하늘을 자유롭게 날아가는 새들, 꿈속을 아름답게 날아다니는 천사들….

이렇게 날개를 가진 존재를 동경하는 마음이 든다. 우리는 분명 현실 속에서는 날개를 달 수 없다. 그러나 상상 속에서나 마음 안에서는 가능하다. 그 마음의 날개는 다른 누가 달아주는 것이 아니라 나 자신이 달아야 한다. 마음의 날개를 타고 자유롭게 어디론가 날아가는 일, 팍팍한 현실을 이겨내는 나만의 해방구는 무엇일까.

영화 〈쉘 위 댄스〉를 보면 한 샐러리맨은 똑같이 반복되는 일상의 비상구로 댄스를 시작한다. 그리고 댄스를 배우는 동안 다시 생의 활력을 찾고 인생의 가치도 발견한다. 그렇게 사람마다 마음의 현실 도피처가 하나씩은 있는 듯하다.

나는 악기 한 가지를 제대로 연주하고 싶다. 악기를 연주할 줄 안다는 것은 자기만의 방을 하나 마련하는 것과 같은 의미다. 그러므로 악기를 제대로 연주하는 기회를 주는 것은 내 생에 내가 주는 아주 특별한 선물이 아닐까.

나는 악기를 세 가지 정도는 흉내쯤 낸다. 우선 기타를 조금 친다. 대학 시절 기타를 독학으로 배웠는데 기타 코드를 적은 악보 노트를 만들어서 언니와 수시로 기타를 치며 노래를 불렀다. 그리고 종종 학교에 기타를 들고 가서 잔디밭에 앉아서 노래를 부르기도 했다. 그때 언니와 친구들과 화음 맞춰 부르던 노래들을 지금 노래방에서 부르면 그 맛이 안 난다. 역시 나는 노래방보다 기타 치며 노래 부르는 것이 좋다. 집에 기타가 있는데도 기타를 잡아본 지 참 오래되었다.

악기에 대한 짝사랑이 일렁이다 보니 한때 재즈 피아노

를 배운 적도 있다. 피아노 소리가 들리는 장미 덩굴이 드리워진 이층집에서 그랜드 피아노를 치는 소녀는 될 수 없었지만 늘 피아노에 대한 동경은 있었다. 하얀 건반 52개, 검은 건반 36개를 넘나들며 〈엘리제를 위하여〉, 〈소녀의 기도〉를 담장 밖으로 퍼져 나가게 하고 싶은 마음을 재즈 피아노로 달랬다. 그러나 이사하면서 피아노 자리가 버거워서 조카에게 피아노를 주고 나서는 피아노를 만져보지 못한 채 살았다.

하모니카는 초등학교 때 큰오빠한테 배웠다. 오빠가 한 손에 하모니카를 쥐고 입술 끝에서 끝으로 미끄러지며 연주하는 것이 얼마나 멋지던지! 가르쳐달라고 조르자 큰오빠는 가르쳐줬다. 그러고는 불던 하모니카를 나한테 주며 말했다. "우울할 땐 하모니카를 불어봐. 그럼 기분이 좋아져." 그때는 입술이 부르터라 불어댔는데 이제는 하모니카를 손에 쥐어본 게 까마득하다.

나는 우선 기타를 제대로 연주하고 싶다. 독학으로 배웠는데 체계적으로 전문가에게 배우고 싶다. 그래서 어떤 곡이든 자유롭게 연주하고 싶다. 서재 구석에 세워둔 기타를 케이스에서 꺼내본다. 그리고 먼지를 잘 닦아본다. 한 줄 한 줄 퉁겨본다. 음이 다 안 맞고 제멋대로다. 오랜 시간 돌보지 않았으니 기타 줄이 뒤틀려 있을 것이다. 기타를 잘 튜닝하고, 내 삶의 줄도 가닥가닥 잘 튜닝하고 싶다.

기타를 잘 연주하게 되는 날, 나만의 멋진 방이 하나 생긴 느낌에 행복할 것이다. 내 인생에 빨리 그 선물을 주고 싶다.

입에 장미꽃 물고
사진 찍기

세잎클로버 물고
풀밭에 누워

정연

연예인들과 늘 접하며 사는 직업이다 보니 연예인들의 눈짓, 발짓, 손짓, 몸짓을 보게 된다. 그때마다 느끼는 것이 있는데 연예인들은 카메라 앞에만 서면 눈빛이 살아난다는 것. 지쳐 있다가도 카메라가 켜지면 눈이 반짝반짝, 얼굴에 생기가 돌기 시작한다.

어느 하루는 김희애 씨의 화보를 찍는 날이었다. 일정이 많았는지 김희애 씨가 오자마자 지쳐서 봄 햇살에 고양이가 늘어지듯 탁자에 몸을 뉘이듯이 기대어 쉬고 있었다. "저렇게 지쳐서 사진이 잘 안 나오면 어쩌지?" 걱정이 되었다. 그러나 웬걸. 카메라를 들이대자마자 바로 눈빛에 생기를 담고 카메라를 유혹하듯이 쳐다본다. 수만 개 별빛을 눈에 담아낸다. 그러자 카메라가 화답한다. 사진 속의 그는 생기로 무척 예뻤다. 눈 속의 별빛이 반짝이듯 유혹한다. '아, 바로 이래서 연예인이구나.' 카메라를 유혹할 줄 아는 것, 카메라에 정성을 다하는 것, 눈동자가 빛이 나야 사진이 잘 나온다는 것을 아는 존재들. 그들이 바로 연예인이다.

그걸 터득한 다음부터 나도 사진을 찍을 때는 카메라를 보는 눈에 가능하면 생기를 담으려고 노력한다. 이게 카메라에 대한 예의라고 생각하고 눈빛에 그윽함이나 활기를 담고 카메라 렌즈를 본다. 그 후 어디서든 나는 사진이 유난히 잘 나온다는 말을 듣는다.

얼굴의 가장 큰 구속력은 역시 눈이다. 그보다 더 큰 구속력은 웃음이다. 웃는 얼굴에 가장 먼저 눈길이 간다. 누가 카메라를 들이댄다면 피하려다가 이상하게 찍히지 말고 적극적으로 포즈를 취하면서 활짝 웃자.

언젠가 동생 정림이를 비롯해서 여러 작가와 함께 일본 작가 에쿠니 가오리를 만날 기회가 있었다. 만나서 식사하는 내내 얌전하게 이야기하던 에쿠니 가오리. 우리 자매와 사진을 찍게 됐는데 갑자기 고혹적인 포즈로 팔짱을 끼면서 카메라에 적극적인 모습이라니…. 그날 그 사진의 승자는 에쿠니 가오리였다.

사진 찍을 때 눈빛의 생기만큼이나 포즈도 중요하다. 여권 사진이나 주민등록증 사진을 찍을 때 말고는 정 자세나 진지 모드로 찍기보다는 누군가에게 팔을 걸치는 게 좋다. 안기는 것보다 내가 안는 것이 좋다. 진지는 밥상에서 찾고, 사진 찍을 때는 발랄하게 유쾌하게 정답게 포즈를 취하자.

손을 가만히 두기보다는 하트를 그린다. V를 그리되 늘 같은 포즈의 V가 아니라 세로 V, 가로 V 등 손가락의 방향을 바꿔본다. 카메라를 향해서 정성을 보이면 사진은 잘 나오기 마련이다.

여러 명이 단체로 찍을 때에는 다 같은 모양보다는 "가위, 바위, 보!"라고 외치면서 자기가 내고 싶은 대로 손을 내밀면서 찍는 것도 좋다.

프로필 사진으로는 독일의 베스트셀러 작가이자 의사인 에카르트 폰 히르슈하우젠이 단연 최고다. 그의 프로필 사진을 보면 세잎클로버를 입에 물고 풀밭에 누워서 찍었다.

네잎클로버도 아니고 세잎클로버를 입에 물고 찍은 사진을 보니 무조건 그의 팬이 되고 싶어서 그의 책을 모조리 샀다.

그의 저서 《행복은 혼자 오지 않는다》라는 제목처럼 행복한 사진은 혼자 알아서 오지 않는다. 적극적으로 포즈를 취해야 한다는 마음 자세가 필요하다. 지금 이 순간, 앞으로 올 인생의 가장 젊은 순간인 지금을 위해 모델 놀이를 하며 예쁜 사진을 남겨두자. 나 혼자 찍지 말고 보조 출연물을 활용하자. 장미 한 송이, 해바라기 한 송이, 이름 모를 풀 한 포기라도 옆에 보인다면 그걸 들고 찍자. 내가 평소에 얌전하다고 사진에서조차 얌전할 필요는 없다. 사진 찍을 때 표정을 생기 있게 짓는다고 누가 잡아가지 않는다.

자화상 그리기

내 모습을 가장
잘 그리는 사람은 나

정
림

어렸을 때는 손가락에 작은 상처만 나도 덜컥 겁이 났다. 아파서라기보다 겁이 나서 울음을 터트렸다. 어린 시절에는 눈에 보이는 상처 때문에 울었다. 그러나 나이를 먹어가면서 눈에 보이는 상처에는 덤덤한데 눈에 보이지 않는 마음의 상처에 더 많이 울게 된다. 내공이 생길 법도 한데 어김없이 또 상처를 입는다. 상처는 아무리 예방 주사를 맞아도 면역이 되지 않는다. 상처는 그렇게 끝도 없이 찾아드는 인생의 불청객이다.

 이런 일은 안 겪으면 좋을 텐데 싶은 일도 사는 동안 겪으며 살아야 한다. 그래서 마음에 상처를 입는다. 자신의 이익을 위해서라면 남의 상처쯤 아무렇지도 않다고 생각하는 사람들, 그 틈에서 아파하던 어느 날 그림 한 점을 보았다. 작은 사슴 한 마리가 화살 몇 개를 맞은 채 피 흘리고 있는 그림이었다.

마치 내 몸에 화살을 맞은 듯이 아릿한 고통이 스며들었다. 그 사슴은 바로 그 그림을 그린 프리다 칼로 자신이었다. 주로 자화상을 그린 칼로는 그 이유를 이렇게 말했다.

나는 너무나 자주 혼자이기에, 또 내가 가장 잘 아는 주제이기에 나를 그린다.

어느 슬픈 날, 노트에 내 얼굴을 그려봤는데, 나도 모르게 뺨에 눈물을 그리고 있었다. 자화상은 자신의 모습을 그리는 게 아니라 마음을 그리는 것이라는 것을, 아니 자신의 마음이 저절로 담겨지는 것이 자화상임을 그제야 알았다.

화살을 맞은 채 피 흘리는 사슴. 그런 자화상을 그릴 때 칼로의 마음은 얼마나 아팠던 걸까. 얼마나 상처를 입었으면 그런 자화상을 그렸을까. 자화상을 물끄러미 보다 보니 내 상처쯤은 아무것도 아닌 것처럼 느껴졌다.

나는 화가는 아니지만, 그림을 잘 그리는 것은 아니지만 언젠가 내 자화상을 제대로 그리고 싶다. 내 얼굴을 타인에게 그려달라고 하면 어색한 그림이 나온다. 다른 사람들은 그 그림 속의 내가 꼭 나를 닮았다고 하지만 내가 보기에는 전혀 안 닮았다. 왜냐하면 내 마음이 담겨 있지 않기 때문이다.

결국 내 모습을 가장 잘 그릴 수 있는 사람은 나다. 생긴 모습을 똑같이 그리는 것만이 잘 그린 자화상은 아니기에.

백화점 문화 센터의 초상화 그리기 반에서 초상화 그리기를 배운 적이 있다. 기초부터 배웠는데 한참 재미있게 배워가는 무렵에 드라마를 쓰느라 중단했다. 그 수업을 다시 이어갈 생각이다. 꼭 문화 센터가 아니더라도 초상화 동호회 모임 등도 있고 어른들이 다닐 수 있는 미술 학원들도 꽤 많다. 그것도 아니면 뜻을 같이 한 이웃끼리 모여 그룹을 짜서 매주 배울 수도 있다.

나는 자화상을 그릴 것이다. 얼굴은 마음이 담긴 그릇이다. 내가 가장 잘 아는 내 모습, 아니 내 마음을 그려볼 것이다.

인생의 석양 무렵 내 얼굴 속에는 뭐가 담기게 될까. 나를 그리는 그 시간에는 커튼을 닫아놓겠다. 햇살보다 어둠 속에서 내 마음과 대면해 앉겠다. 그리고 나를 모델로 삼아 나를 그리고 싶다.

유머 백 개
노트 만들기

펀이 없으면 팬도 없다

정
연

두 달에 한 번 모이는 어떤 모임에 가면 H라는 여성을 만난다. 얌전하고 수줍어서 말수가 없는 그가 어느 날, 유머를 풀어놓기 시작했다. 어디서 들은 이야기라며 전하는 그의 유머에 푹 빠지기 시작했다. 어떤 때 그는 난센스 퀴즈까지 낸다. 비결을 물어보니 유머 백 개를 적어둔 노트가 있다고 했다. 그 안에서 유머를 외워서 풀어놓는다는 것이다.

　모두 그의 유머를 기대하며 모임을 기다린다. 모임에 그가 오지 않으면 너무 허전하다. 그의 요령은 유머를 접하면 바로 메모하고 다른 데서 그걸 전하는 이른바 '수사반장('수

집하고, '사'용해보고, '반'응을 살피고, '장'난기를 살려라)의 법칙'을 활용하는 것이라나.

이 법칙대로 유머를 모으고 남에게 여러 번 전하면서 반응을 보고 전할 때는 장난기를 살리면서 해보는 것이다.

유머로 좌중을 웃게 하려면 요령이 있다. 본인이 웃으면 김이 확 빠져버리니까 멀쩡한 표정으로 이야기에 집중해야 상대가 재미있다. '유머 지존' 찰리 채플린처럼 자신은 웃지 않으면서 남을 웃겨야 그게 유머다.

나는 말을 살짝 바꾸어 만드는 조어를 즐기는 편이다. 예를 들어 치명적인 여자를 팜므 파탈이라고 하듯이 주위에서 노인이 그런 경향을 보이면 '할배 파탈' 또는 '할매 파탈', 아저씨들이 그러면 '아재 파탈', 아이가 그러면 '꼬마 파탈' 등 이런 식으로 앞에 다른 용어를 붙여서 말하는 것이다.

유머를 타고난 유머 천재들이 주위에 있으면 그 사람의 유머 패턴을 따라하다가 '유머장이'가 되기도 한다. 재미있는 유머를 접할 때 나는 혼자 하는 카카오톡에 적어놓는다. 그리고 혼자 하는 온라인 카페에 유머 방을 만들어서 모아놓는다. 모임에서 혹시 필요한 유머가 있으면 스마트폰으로 유머 방에서 퍼 와서 바로 활용한다.

어떤 사람을 보면 웃기기 위해 상대의 단점을 공격하는데 남을 비난하는 것은 유머가 아니다. 진정한 유머는 자기를 낮추면서 웃기는 사람이 돋보인다.

내가 만난 여자 중에서 가장 유머러스한 Y라는 여성은 가족이 다 키가 작은 편인데 어느 날 아들이 키가 컸다는 것을 이렇게 표현했다. "우리 집 식구들은 침대를 다 가로로 써도 돼요. 넷이 가로로 나란히 자도 충분해요. 그런데 문제가 생겼어요. 아들의 발이 침대 밖으로 나가기 시작했어요. 이건 배신이에요, 배신!" 우리 모두 그 네 식구가 단신인 걸 알기에 배꼽을 쥐었다.

그 모임에 내가 처음 나간 날 그가 이렇게 반겨주었다. "송 작가님이 들어오시니까 우리 모임의 평균 미모 지수가 껑충 뛰었어요."

어느 날은 내가 그 모임에서 밥을 사자 그가 이렇게 즐거움을 표현했다. "밥을 사시니까 송 작가님 미모가 더 돋보여요."

그냥 간단한 말인데도 그가 말하면 기분이 좋아지면서 웃음이 나온다.

어떤 사람은 개그맨 신동엽의 유머가 좋아서 신동엽이 나오는 예능 프로그램을 집중적으로 보면서 신동엽식 유머를 보이는 대로 다 메모했다고 한다. 출연한 여자가 "제가 좀 삭은 편이죠."라고 하자 신동엽은 "아우, 그래도 예쁘게 삭았어요."라고 화답하거나, 여자가 "저 뽀루지 났어요."라고 하자 "아우, 뽀루지도 엣지 있게 나셨잖아요."라고 거드는 신동엽 스타일의 유머를 백 개 적어놓고 대화에서 활용한다는 것이다.

요즘은 아재 개그까지 유행하고 있으니 별로 할 이야기가 없으면 난센스 퀴즈를 내는 것도 나쁘지 않다. "부산 가는 열차에서 가장 안전한 좌석은? 마동석.", "당신이 기쁨을 느끼면? 유, 희열.", "세상에서 가장 아름다운 거미는? 박보거미." 등 예를 들면 이런 것들이 있다.

어떤 모임에서든 좌중을 즐겁게 해주는 사람, 그 사람은 빛나는 천재다. 그 자리가 확 빛이 나고 생동감이 넘치니까. 철학자 임마누엘 칸트는 "유머 없는 이야기는 어떤 지혜도 없다."라고 말했다. 사람들 사이에도 펀(Fun)해야 팬(Fan)이 생긴다. 지금 이 순간부터 세상에서 가장 즐겁게 인생을 살 수 있는 특권을 당신에게 부여한다. 웃기며 살자. 방긋, 씽긋, 향긋!

시 몇 편 외우기

시를 읊어주는 사람

정
림

가슴에서 어떤 사물이 느껴질 때가 있다. 어떤 때는 술 한 병이 가슴속에서 빈 병으로 굴러다닐 때가 있고, 어떤 때는 빈 의자 하나가 가슴에 턱하니 놓일 때도 있고, 가끔은 단한 곡만 저장된 뮤직 박스가 종일 가슴속에서 작동할 때도 있다.

요즘의 내 가슴에는 시구가 자주 침입한다. 시집이 가슴속에서 책장을 펄럭인다. 사과꽃이 만발한 곳을 거닐 때는 시인 고은의 〈사과꽃〉 중 이 시구가 펄럭인다.

누가 미래를 다 차지하려고 노래하는가.

사과꽃이 일제히

바람에 날리고 있다.

아 그렇게도 꿈꾸던 자유는 낙화였구나.

어느 날 운전하는 친구를 위해 조수석에 앉아 나도 모르게 시를 내뱉었는데 운전하던 친구가 외쳤다. "어머, 멋있다!" 시 한 편을 외워두니 나는 순식간에 멋진 친구가 된 것이다.

어느 봄날 모임에서 무반주로 노래를 돌아가며 부르는 시간이 있었는데 난 노래 대신 이란의 시인 잘라루딘 루미의 시 〈봄의 정원으로 오라〉를 읊었다.

봄의 정원으로 오세요.

꽃과 술과 촛불이 있어요.

당신이 안 오신다면

이런 것들이 다 무슨 소용이겠어요.

당신이 오신다면

또 이런 것들이 다 무슨 소용이겠어요.

길지 않는 시 한 편을 그 모임의 성격에 맞는 걸로 외워서

낭송하면 싫어하는 사람들은 거의 없다. 오히려 무슨 시냐고, 참 좋다고 물어보며 메모하는 사람들이 더 많다.

요즘 나는 새로운 목표를 세우고 있다. 바로 일주일에 시 한 편 외우기다. 어머니는 돌아가시기 전에 완벽하게 외우는 노래가 두 개 있었는데 〈고향의 봄〉과 〈노들강변〉이었다. 어머니는 시처럼 그 노래들을 읊조리셨다. 어머니 가슴에 그 노래는 시였다. 어머니는 시처럼 살다가 돌아가셨다.

나는 어머니가 언제나 우리 앞에서 노래를 부르셨듯이 사랑하는 사람에게 시를 낭송해주고 시를 빌려 마음을 고백하고도 싶다. 사랑에 빠지면 세상은 모두 시가 된다고 한다. 그러나 청춘을 잃으면 시와는 작별이라고 한다. 젊음을 잃으면 시심을 잃게 된다는 이야기다.

나는 시심을 간직한 채로, 그러니까 가슴은 언제나 청춘인 채로 늙어가고 싶다. 정말 신기하게도 대부분의 시는 외워서 읊조리면 눈물이 난다. 시는 그 시를 쓴 시인의 것이 아니다. 시는 그 시를 읽고 외워서 받아들인 사람의 것이다. 시의 주인은 그 시에 감동받는 그 사람이다. 이번 주는 시인 안도현의 〈철길〉을 외우고 있다.

혼자 가는 길보다는

둘이서 함께 가리

앞서지도 뒤서지도 말고 이렇게

나란히 떠나가리

서로 그리워하는 만큼

닿을 수 없는

거리가 있는 우리

늘 이름을 부르며 살아가리

사람이 사는 마을에 도착하는 날까지

혼자 가는 길보다는

둘이서 함께 가리

창의적으로 선물하기

미스 산타, 미세스 산타

정연

주위에 선물을 잘하는 사람은 마음속에 오아시스가 사는 사람이다. 받는 손보다 주는 손에서 행복을 느끼는 사람은 늘 주위에 사람이 끓는다. 통장을 열심히 부풀리는 것은 사실 중요한 일이다. 통장 잔액이 불어나는 것을 보는 기쁨이라니! 그러나 그것에만 혹해서 지갑에서 돈 나가는 것을 '빠져나감' 그 자체로만 여기며 상실감과 박탈감을 느끼고 돈 쓰는 것에 대해 죄의식까지 느낀다면 그것은 자신을 스스로 돌아봐야 한다.

친구들에게 밥을 산다면 그만큼 돈은 나가지만 그 몇 배의 우정을 얻은 거고, 뭔가를 구매했다면 돈이 나간 대신 그 무언가가 나에게로 온 것이니 돈만으로는 계산이 안 되는 충족감이 대신 내게 들어온 것이다.

성숙한 사람들은 눈에 보이지 않는 인생의 셈법을 안다. 물론 선물 살 여유가 없을 정도로 빈한하다면 무조건 이해 해야겠지만….

남에게 선물하는 일은 그 무엇보다 구속력이 있다. 영화 〈사랑의 아픔〉에서 나스타샤 킨스키가 이런 말을 한다.

> 그는 나에게 구두를 사주었죠. 말보다 물질이 사랑
> 을 구하는데 더 큰 호소력이 있네요.

그런데 선물하려고 해도 무엇을 해야 할지 몰라서 머뭇대 기도 한다.

가장 창의적인 선물은 내가 하고 싶은 것이 아니라 상대 에게 어울리는 것을 주는 것이다. 영화 〈우리, 사랑해도 되 나요?〉에서 주인공이 가족들에게 선물을 주는데 가족들은 달가워하지 않는 장면이 나온다.

나와 같이 사는 남자도 그런 실수를 자주 저지른다. 독일 에서 체류할 때 있었던 일이다. 남편이 갖고 싶어 하던 탁상

시계가 있었다. 그 가게를 지날 때마다 그 탁상시계가 갖고 싶다더니 내 생일에 그것을 사왔다. 정말 코가 막히고 기가 막혔다. 그 후로는 그에게 선물 선택권을 강탈해버렸다. 이젠 내가 지정한 선물을 그는 사주어야만 한다.

선물은 내가 주고 싶은 게 아니라 상대가 받으면 기뻐할 것을 주는 게 좋다.

얼마 전 모임에 나갔더니 어떤 후배 여기자가 그 모임에 온 열 명을 위해 얼굴에 붙이는 팩 두 개씩을 비닐과 리본으로 포장해 와서 "모두 예뻐지세요."라는 말과 함께 건넸다. 가격의 부담을 느끼지 않아도 되는 팩이었다. 그의 선물은 그 장소를 훈훈하고 흥겹게 만들어주었다.

이렇게 어떤 한 사람의 이런 달달한 선물은 그 자리에 모인 사람들 감성 지수의 평균을 확 끌어올리는 역할을 한다. 그를 우리는 '미스 산타'라고 부른다. 선물을 건네주는 손에 축복이 있으리라.

나도 평소에 예쁜 것이 보이면 여러 개 사두는 편이다. 립스틱이든 북유럽 찻잔이나 빵매트까지 귀엽거나 예쁜 것이 손짓하면 나는 응답하듯 사서 둔다. 이왕이면 가격이 저렴하면서 감각적인 것을 좋아한다. 그렇게 사둔 것을 집에 있는 크리스마스 박스에 담아두었다가 좋아하는 친구를 만날 때는 종종 건넨다. 받으면 좋아하는 웃음 띤 얼굴을 보는 일은 인생의 큰 기쁨이다.

　여자에게 선물을 잘할 거 같은, 팟캐스트 스타이자 SBS의 이재익 피디는 선물의 요령에 대해 "한 번에 하나씩 줘야 해요! 여러 개 주면 기억하지 못하고 지저분해요. 하나를 강렬하게 선물하기! 이게 창의적인 선물 비법이죠."라고 강조한다.

한 계절에 한 번
공연장 가기

내 줄리엣,
줄리앙을 위해

정림

아들이 중학생일 때 같이 갔던 앙드레 류의 공연, 그 기억은
아직도 선명하다. 네덜란드 출신의 바이올리니스트 앙드레
류는 오프닝 무대에서 "저는 로맨티시스트입니다."라고 한
후 말을 이었다.

"꿈을 꾸죠. 환상적이고 감미롭고, 그리고 아름다운 꿈을
꿉니다. 제 음악은 그들을 위해 있습니다. 저는 열 살 때 단
한 사람, 내 줄리엣을 위해 로맨틱한 연주를 하였습니다. 저
는 꿈을 꾸는 자이기 때문입니다. 그러나 오늘 밤에는 여기
계신 내 줄리엣 9,000명을 위해 연주할 것입니다."

우리는 그의 줄리엣, 줄리앙으로 달콤한 가을밤을 보냈다. 집으로 돌아오는 길에 아들과 로맨티시스트에 대한 이야기를 나누었다. 로맨티시스트가 무엇이냐는 아들의 질문에 나는 대답했다. 로맨티시스트란 가까이 있는 사람을 사랑하고 자연을 사랑하고 세상을 사랑할 줄 아는 사람이라고, 그러니 너는 꼭 로맨티시스트가 되라고 했다.

야외 무대에서 열린 모차르트의 오페라 〈피가로의 결혼〉도 중학생이었던 아들과 함께 보러 갔는데 가을치고는 날씨가 무척 추웠다. 사람들이 휴식 시간에 자리를 많이 비웠다. 그러나 아이는 아무리 추워도 끝까지 보고 가자고 했다. 쉬는 시간에 손난로를 사고 담요를 사서 둘이 덮어쓰고는 쌀쌀한 가을의 야외 무대에서 봤던 〈피가로의 결혼〉. 나는 그날의 느낌을 잊을 수 없다.

정연 언니와 함께 간 공연은 손가락으로 꼽을 수 없이 많다. 그런데 다 생생하게 기억할 수 있다. 사랑하는 사람과 공연을 함께 본다는 것은 느낌을 나누는 일이고, 추억을 공유하는 일이고, 인생을 공감하는 일이다. 그날의 느낌들이 어느 날 튀어나와 우리의 대화를 이룬다. 기록하지 않아도 우리 사랑의 역사가 된다.

기억의 지도를 그려보는 날이 있다. 어떤 기억은 흐릿해서 그 길이 사라져버렸는데 시간이 가도 선명한 기억의 지점이 있다. 사랑하는 사람과 함께 공연을 본 그 시간은 희미해지다가 어느 날 감쪽같이 사라져버리는 일이 없다. 그 기억은 오히려 더 새롭게 삶의 길을 내며, 내 삶에 통통 튀는 음표를 선물한다.

일정을 적는 달력에 아주 예쁜 색깔의 펜으로 공연장에 가는 날을 적어본다. 다른 데 쓰는 돈은 절약해도 공연을 보는 비용은 생활비 중에 넣어도 좋다. 희귀하고 아름답고 강한 것이 보석의 특질이라면 공연의 경험은 그 어떤 보석에 뒤지지 않는다.

마음속에 생존의 안테나 말고 감성의 안테나가 세워진다는 것은 얼마나 설레는 일인가!

"줄리엣을 위해 연주해왔다."라는 앙드레 류의 말을 순간순간 내 삶에 적용하려고 한다. 내 줄리엣을 위해, 내 줄리앙을 위해 오늘 하루 힘을 낼 수 있다고. 그러니 나는 로맨티시스트임이 틀림없다고 말이다.

한 계절에 한 번 정도는 로맨티시스트가 되어도 좋다. 그래야 내 줄리엣, 줄리앙을 위해 힘을 낼 수 있다.

Part
04

엉뚱한 일상, 귀여운 일탈

다이어트와
절친하기

내 잃어버린
쇄골을 찾아서

정연

퀴즈 하나! "OO하면 백 살까지 산다."라는 말에서 OO에 들어갈 답은? 금주, 금연, 운동, 소식…. 그건 아니고, 정답은 '웬만'이다. 개그맨 이상준이 나에게 낸 퀴즈였다. 그렇다. 웬만하면 백 살까지 사는 세상이 되었다.

　인생은 결코 짧지 않다. 늘 새로운 출발이 필요한 인생이기에 오늘을 새로운 출발점으로 삼는다.

　그렇다면 가장 먼저 해야 할 일은? 바로 다이어트다. 나는 20년째 다이어트를 하고 있다. 요즘 후배들은 나를 보면 이렇게 인사한다. "피골이 상접하세요." 친구들과 건배할 때도 이렇게 말한다. 내가 "피골!"이라고 외치면 다들 "상접!"이라고 외쳐준다.

오랫동안 나는 전혀 운동하지 않고 '삼보 승차(세 걸음 걸으면 차를 탄다)'를 했다. 자동차를 신발로 여겨서 자동차 없이는 움직이지 않으려고 한 적도 있다. 그러다 보니 내 리즈 시절이 어느새 사라지고 있었다. 살이 찌니까 일단 뭐든 로맨틱과 거리가 멀어졌다.

3~4킬로그램을 빼면 건강이 달라지고, 7~8킬로그램을 빼면 인생이 달라진다는데, 그 몇 킬로그램이 왜 이리 힘들까.

다이어트를 결심할 때마다 떠올리는 영화가 있다. 내 인생의 영화 베스트 10에 들어가는 〈잉글리시 페이션트〉에서 여자가 남자의 머리를 감겨주는 은밀하고 달달한 장면이 나온다. 남자는 여자의 움푹 파인 쇄골 가운데를 짚으며 "이 해협은 내 거야."라고 말한다.

그 장면을 보면서 움푹 파인 여자의 쇄골이 어찌나 고혹적이고 부럽던지…. 그래, 쇄골에 빗물이 고일 정도는 되어야 저런 로맨틱한 대사도 가능한 것이다.

리즈 시절의 내 쇄골은 해협마냥 유혹적이었는데 긴장하지 않고 사니 그 쇄골은 어디로 숨은 건지. 난 이제 '빵빵'은 되는데 '쭉쭉'이 안 된다. 노란 비키니와 분홍 비키니를 사 두긴 했다. 하얀 선탠 베드에 누워 몸을 굽는 상상, 몸을 엎드려 책을 보면서 오일 바른 등을 굽는 상상…. 준비는 됐는데 왜? 해마다 감추고 싶은 '중부 지방'을 가리는 패션으로 여름을 맞이하느냔 말이다.

그래, 날렵한 몸매는 그냥 되는 것이 아니다. 연예인 중에서 그래도 좀 알고 지내는 채시라 씨는 드라마를 볼 때도 그냥 앉아서 본 적이 없다고 한다. 윗몸 일으키기를 하거나 팔과 고개를 움직이면서 텔레비전을 시청한다고 한다.

차인표 씨는 거실에서 화장실을 가는데도 운동 기구 몇 개를 거치면서 간다고 한다. 걸그룹을 활기차게 활동시키는 어느 제작사에서는 걸그룹들에게 아침은 굶겨도 스쿼트는 시킨다는 얘기도 들었다.

물론 국화는 국화고, 장미는 장미고, 그들은 그들이고 나는 나다. '피골 상접'보다는 '통통 빵빵'의 매력으로도 충분히 어필할 수 있다. 그러나 노력으로 바꿀 수 있는 것을 하지 않는 것, 그것은 설렘이 아니라 미룸이다.

무라카미 하루키의 에세이 중 "나에게는 하루가 24시간이 아니라 23시간이다. 왜? 한 시간은 운동해야 하니까."라는 문장을 읽은 기억이 난다.

늘 나와 함께하는 절친한 친구는 다이어트다! 다이어트라는 말은 줄인다는 뜻이니 지방도 줄이고 욕망도 줄이는 것. 빵을 맛있게 먹되 양은 줄이고, 움직임은 확 늘리자. 이제 새로 다가오는 계절은 내 혹독한 다이어트로 매력과 체력을 다 얻으리라. 1년 후 나는 지금보다 훨씬 더 매력적일 것이다.

변신 시도하기

해가 서쪽에서 뜨겠네

정림

나는 모범생 스타일을 고수해왔다. 블라우스 단추를 목 끝까지 잠그고, 얌전한 긴 머리에 언제나 스커트를 입었다. 교사 생활을 할 때는 학교에서 여교사 차림을 아예 스커트 차림으로 규정짓고 있었고 내 옷장에는 단정한 치마 정장밖에 없었다. 그래서 그런지 방송 일을 처음 시작했을 때 사람들은 말하지 않아도 내 전직을 다 알아맞혔다. 그런 나를 보고 아버지께서 "사람은 머문 곳에 따라 차림새가 달라야 한다."라고 말씀하셨다. '어? 내가 정말 뭔가 바꿔야 하나?' 하는 생각이 들었지만 오랜 시간 고수해온 스타일을 바꾼다는 게 엄두가 나지 않았다.

그때 신현림의 시집을 보았다.《지루한 세상에 불타는 구두를 던져라》제목만으로 내 가슴에 불을 질렀다. 거울에 비친 내 모습이 지루해 미칠 것 같았다. 권태는 인생 최대의 적! 내 인생의 지루함은 내가 만든다. 그 지루함을 깨는 것도 나여야 한다.

스타일을 확 바꾸자고 결심했다. 늘 다니던 미용실에 가서 항상 내 머리를 손질해주는 헤어 디자이너에게 "숏 컷으로 잘라주세요."라고 말했다.

지금이야 숏 컷이 유행하는 시기이지만 그때만 해도 과감한 시도였다. 헤어 디자이너가 머리카락을 다 자르는 동안 나는 눈을 질끈 감고 있었다. "다 됐어요." 하는 소리에 거울을 보니 그 안에 확 달라진 내가 나를 보고 있었다. "누구세요?" 소리가 나올 뻔했다. 충격을 받고 멍한 느낌이 지나자 즐거워졌다. "이게 나예요?"라고 물었다. 이상한데 그게 기분 나쁘지 않고 신기한 느낌이었다. 헤어 디자이너가 긴장한 얼굴로 마음에 드시냐고 물었다. 나는 소리를 크게 내서 말했다. "완전 맘에 들어요!"

내친김에 옷가게에 가서 찢어진 청바지도 사고 보이시한 티셔츠를 샀다. 그리고 가지고 있던 얌전한 스커트들은 과감하게 정리해서 박스에 담아 봉사 단체에 보냈다.

숏 컷을 하고 가죽 점퍼에 찢어진 청바지를 입고 방송사에 가자 모두 눈을 동그랗게 떴다. "헉! 해가 서쪽에서 뜨겠네!", "무슨 일 있어요?"

스타일이 달라지자 세상이 달라졌다. 뭔가 그간의 인생이 포맷이 되고 새로운 삶이 시작되는 느낌이었다.

일상의 반란! 꼭 대단해야 반란일까? 늘 입던 칙칙한 옷을 벗어버리고 도발적인 색상의 옷을 입어보는 것, 늘 가던 길이 아닌 다른 길로 우회해서 가보는 것, 늘 타던 차를 버리고 뚜벅이가 되어서 걸어보는 것, 그런 것도 작은 일상의 반란이 될 수 있다.

내 인생 반전의 예술은 내가 만드는 것이다. 갑자기 안 하던 짓을 하면 인생도 반 바퀴 턴을 하며 짠! 멋진 변신을 보여준다.

내 인생이 지리멸렬하다고 느껴질 즈음 가던 길목을 꺾어 다른 길로 접어들어도 좋다. "해가 서쪽에서 뜨겠네!", "무슨 일 있어요?"라는 말을 한 번도 들어본 적 없다면 지금이 그 소리를 들을 적기다.

석 달에 한 번
나에게 선물하기

셀프 해피니스트가 되자

정연

라디오 방송 진행자 이숙영 씨는 내가 초봄에 낀 선글라스를 보고 물었다. "선글라스 멋있다. 처음 보는 건데?" 나는 답했다. "응, 언니, 이거 봄맞이로 내가 하나 샀어. 난 새 계절이 올 때마다 나를 위한 선물을 사거든. 내가 내 이름을 부르며 '정연아, 봄이야, 잘 견디자. 파이팅' 하며 말이야." 그러자 이숙영 씨는 말했다. "난 매일매일 그러는데. 매일 나를 위한 선물을 사고 '오늘도 파이팅!'이라고 하는데…"

이숙영 씨는 워낙 쇼핑을 좋아해 거의 매일 쇼핑하는 언니라서 난 그만 웃음을 터뜨리고 말았다.

이숙영 씨는 라디오 방송 진행자이지만 청취자들을 만날 때마다 새로운 느낌으로 만나고 싶어서 365일 다른 옷을 입고 라디오 방송을 진행한다. 25년 이상 매일 같이 일해서 잘 아는데 같은 옷을 입고 나온 적이 거의 없다. 그는 매일 동대문 시장이나 고속버스 터미널 지하상가에 가서 다음 날 방송을 위해서 발품을 팔며 옷을 산다. 그리고 그는 옷을 좋아하는 자기 자신을 위한 선물의 의미도 있음을 안다.

금요일에 〈보는 라디오〉를 할 때마다 스튜디오에서 '불금 댄스'를 추는데 그 춤에 맞는 옷을 매주 구입한다. 세월이 흘러도 사그라지지 않고 더 뿜어나오는 정열의 힘! 그게 바로 이숙영의 힘이다. 그는 세상을 떠날 때 "원 없이 입었다.", "원 없이 방송했다."라고 하지 않을까.

나는 석 달에 한 번, 나에게 선물하는 것으로도 행복할 수 있다. 처지에 맞게 3개월 할부로 살 수 있는 정도의 용품이나 옷을 구입한다. 누군가는 10만 원짜리를 3개월 행복용으로 살 것이고, 누군가는 5만 원짜리를 혹은 50만 원짜리를 살 수도 있을 것이다.

우리의 수명은 한정적이고 살아 있음의 행복도 엄연한 한정판이다. 리미티드라고 하면 달려가서 지르는 여성들이 꽤 있는데 우리의 행복은 더욱더 절대 절명의 한정판인 것이다. 그러니 어서 행복을 질러야지 싶다.

물론 물건을 사는 것만으로 다 되지 않는다. 사실 물건을 소유하는 행복은 그리 오래가지 않는다. 단 며칠 혹은 몇 달의 효용이 있을 뿐이다. 그러므로 물품을 구입하는 것만이 아니라 우리의 영혼을 충족해주는 뭔가를 구매해야 한다.

매일매일 주어지는 새로운 하루. 그것은 미라클이다. 우리에게 주어지는 태양 같은 신비의 선물. 그것을 환영하며 나에게 있는 것을 원하고 바라는 일. 그것도 행복할 수 있는 비밀이요, 비결이지 않을까.

나에게 왜 선물을 안 주냐고 타인을 원망할 필요도 없다. 남에게 주기 위해서 고민할 필요도 없다. 우선은 나 자신에게 선물하자. 적어도 새 계절이 올 때만큼은 말이다.

레프 니콜라예비치 톨스토이의 《전쟁과 평화》에서 피에르가 나타샤에게 "I See You."라고 표현한다. 영화 〈러브 스토리〉에서도 올리버가 제니에게 "I See You."라고 말한다. 또 다른 영화 〈아바타〉에서도 사랑을 고백하는 장면에 "I See You."라는 대사가 나온다.

바라보다. 응시하다. 그건 사랑이 깊어지는 단계라는 뜻이다. 이제 남만 바라보지 말고 나 자신도 사랑하고 연민하자. "I See I." 그것이 곧 타인을 위한 사랑의 출발이기도 하니까.

이숙영 씨는 "내 인생의 메인 디시는 나 자신. 내 인생의 성찬에 가장 큰 메인은 나 자신. 내가 내 인생의 여자 주인공, 남자 주인공이다."라는 말을 늘 강조한다.

오늘 나는 새 계절을 위해 3개월 치 행복을 구매했다. 선물을 받는 사람은 나 자신! 나에게 준 나라는 사람을 사랑해야지. 꼭 붙어서 지내야지!

타투하기

노래하며 날아가는
작은 새

정
림

나이 든 사람이 젊은 사람처럼 행동하면 "주책맞다."라고 말한다. '주책'을 사전에 찾아보면 "일정하게 자리 잡힌 주장이나 판단력, 그리고 일정한 줏대가 없이 되는 대로 하는 짓"을 뜻한다. 나는 지금까지의 인생을 "일정하게 자리 잡힌 주장이나 판단력"으로 매사에 임해왔다. 일정하게 자리 잡혔다는 것은 어떻게 보면 틀에 박혔다는 것이다. 나는 그렇게 틀 안에 있으면서 절대 그 밖에 나가지 않고 살아왔다. 누가 하지 말라면 하지 않았고 규범과 규칙에 충실했다. 어린 시절부터 나는 지나치게 철이 들어 있었다. 하지 말아야 할 것은 철저히 구분해서 절대 하지 않았다.

그런데 나는 이제 주책맞고 싶다. 철이 없고 싶다. 철없다는 뜻은 철을 모른다는 뜻. 그러니까 계절, 제 시즌을 모른다는 뜻이다. 봄인데 낙엽이 지거나 겨울인데 꽃이 피면 그건 철없는 것이다. 인생의 가을을 맞은 나는 서두른 월동 준비보다는 꽃을 피우고 싶다. 인생의 가을이지만 인생의 봄인 줄 알고 행동하고 싶다.

더는 가슴이 떨리지 않는 것, 그것이 늙음이 아닐까. 그런데 어느 날 나는 누구를 만나도 설레지 않고 무엇을 이뤄도 벅차지 않음을 발견했다. 두근거리지 않는 삶이 무슨 의미가 있을까. 꾸역꾸역 걸어는 갔지만 제자리걸음인 시간, '목숨의 연명'과 뭐가 다를까. 살아 있지만 죽어 있는 것과 뭐가 다를까.

아주 작은 바람에도 가슴이 쿵쾅쿵쾅 뛰던, 아주 작은 자극에도 마음이 베이던 감성은 어디로 간 것일까. 내 안에 있는 사춘기 소녀를 꺼내고 싶다. 반항 한번 안 하고 여드름조차 며칠 움이 트려다 들어가버린 내 사춘기 시절을 호출하고 싶다. 모습은 늙어갈지언정 마음의 떨림은 인공호흡을 해서라도 살리고 싶다.

내 영혼의 소생술, 그 방법으로 나는 주책맞은 짓, 철없는 짓을 해보려고 한다.

소설 《은교》에서 은교는 가슴에서 쇄골 밑까지 창을 문신했다. "처음 너 우리 집 왔을 때 목 아래 창날을 봤는데 신기하더라." 그런데 원작과 달리 영화에서는 독수리가 새겨진 것으로 나온다. 영화 〈은교〉에서 은교가 이적요에게 타투를 그려준다. 타투를 그리는 동안 은교의 심장 소리를 들으며 젊은 시간으로 돌아가는 이적요. 이적요의 그 심정이 무엇인지 나는 정확히 알 수 있다.

그런데 며칠 전 아들이 나한테 말했다. "엄마, 나 타투하려고요. 해도 돼요?" 아들은 나보다 더하면 더했지 덜하지 않는 모범생 출신이다. 아들의 말에 나는 단숨에 대답했다. "나도 할래!" 아들에게 주책맞은 엄마임이 틀림없었겠지만 아들은 또 단숨에 대답했다. "그래요! 같이 해요, 그럼!"

아들은 지도 방위표를 새기겠다고 한다. 지도를 볼 때 방향을 알려주는 표시인데 길을 잃거나 헤맬 때 제대로 된 방향을 잡고 싶다는 의지의 표현이라나. 인생의 길을 잃지 않기 위해서 지도 방위표를 새기겠다는 아들이 나에게 물었다. "엄마는 어디에 뭘 새기고 싶어요?"

내 왼팔에는 예방 주사를 잘못 맞은 흔적이 있다. 주사 바늘 하나에도 두려워 쩔쩔매다가 엉뚱한 곳에 주사를 맞는 바람에 생긴 흔적이다. 두려움이 많던 아이의 예쁘지 않은 그 흔적 위에 훨훨 날아가는 새를 새기고 싶다. 매섭게 날아가는 독수리나 매는 싫다. 쫑알쫑알 수다스럽게 노래하며 날아가는 작은 새, 종달새를 새기고 싶다.

아들은 이미 타투 가게를 하는 미술 대학 선배에게 예약을 해두었다. 아들과 손잡고 타투를 하러 갈 것이다.

두려움 반, 설렘 반.

가슴이 뛴다.

나는 이제 안 하던 짓을 하나씩 하며 살고 싶다.

그렇게 살 것이다.

한 달 동안
고기 먹지 않기

동물들이 뭔 죄람?

정연

힘들 때 우는 건 삼류, 힘들 때 참는 건 이류, 힘들 때 웃는
건 일류, 힘들 때 먹는 건 육류.

"한우와 수입소의 차이가 뭐게? 포크나 젓가락으로 고기
를 꾹 찔러보면 알 수 있어. '움메' 하면 한우, '웁스' 하면
수입소." 이런 우스갯소리를 나누며 고기를 날름날름 먹을
때의 즐거움이라니. 한마디로 나는 고기 육식주의자, 고기
가 늘 옳다는 고기 마니아다.

힘이 나지 않을 때는 고기 생각부터 나고 지글지글 고기
를 굽는 상상을 하면 침샘 분비가 시작되고, 우울할 때는 스

테이크 한 조각 썰어서 혀 속으로 밀어 넣으면 기운이 호랑이처럼 용솟음칠 것 같다. 우리 방송에서도 한우 협찬을 받아서 진행하는 날에는 청취자에게 빙의되어 내가 신명이 난다. 한우를 드리는 보람찬 협찬을 내가 가장 좋아한다. "분홍빛 한우를 드리는 〈이숙영의 러브 FM〉의 야심 찬 협찬! 한우를 받고 싶으신 분은 #1035로 문자 주세요!" 이런 원고를 쓸 때는 내 손이 빛의 속도로 자판을 달린다.

만약 "채소를 드릴게요. 문자 주세요! 오이를 드릴게요. 파프리카를 드릴게요."라고 하면 그렇게 많은 문자가 쏟아질까? 그만큼 고기는 유혹적이다.

그러던 어느 날 고기 마니아인 나에게 귀인이 찾아왔다. 그것은 어느 책 한 권이었다. 탈모 전문 의사 방기호 원장의 《남자의 밥상》이라는 책이었다. 내 친한 친구의 동생인 방기호 원장은 인체 건강 연구에 몰입해온 집요한 연구자라는 것을 알기에 그가 쓴 그 책은 한 줄 한 줄 신선한 충격으로 다가왔다.

방 원장의 글에 따르면 "좋은 음식을 먹으면 장이 웃고 나쁜 음식을 먹으면 '악!' 하는 소리가 나온다."라고 한다. 좋은 음식은 무엇인가. 똥 싸지 않는 음식을 먹으라고 한다. 채소는 똥을 싸지 않는다.

그와 함께 동물을 사육하고 도살하는 과정의 비윤리성에도 주목하게 되었다. 사육 과정에서 배출되는 이산화탄소와 배설물 메탄가스가 지구 온난화를 부추기고, 수질에도 어마무시하게 나쁘다.

현대 사회의 여러 질병, 대사증후군 같은 각종 성인병과 일부 암, 알레르기와 피부염도 육식 문화와 관련이 있다는 것이다. 비틀스의 폴 매카트니는 "도살장이 다 유리로 되어 있으면 사람들은 다 채식주의자가 될 것이다."라는 말을 했다.

그만큼 도살 현장이 끔찍하다는 것. 소가 불쌍해서라도 내가 육식을 억제해야 할 때가 온 것이다. 이것은 정말 불편한 진실이다. 그러나 대면해야 할 진실!

김선수 변호사의 블로그에서 읽은 〈육식의 종말〉에 대한 글이 확 떠올랐다. 1파운드의 스테이크를 만드는 데 드는 물은 한 가족이 1년 내내 쓰는 물과 맞먹는다니! 내가 먹는 고기 때문에 지구가 몸살을 앓고 그 몸살이 나에게 와서 치명적인 해를 끼친다니!

봉준호 감독의 영화 〈옥자〉에서 실버라는 남자는 지구에 손톱만 한 생채기도 남기고 싶지 않아 아무것도 안 먹는다며 식량 생산 자체가 착취라고 말한다. 동료들이 토마토를 먹으라고 건네주자 그것도 에틸렌 가스로 재배하고 경유차로 운송했다며 먹기를 거부한다. 그 장면을 보며 과일마저도 떨어진 것만을 먹겠다던 극단적인 채식주의자도 떠올랐다.

그런 신념을 존경하고 존중하지만 난 좋아하는 고기를 도저히 버릴 수는 없다. 그러나 격월로라도, 아니면 반년에 한 달씩이라도 고기를 먹지 않는 달을 만들고 있다. 놀라운 것은 고기 먹지 않는 달에는 묵직한 머리가 가벼워지고 건강해지는 느낌이다.

사람은 육식보다 채식을 더 많이 하라는 구조로 태어났다. 고기를 자르기 좋게 생긴 송곳니보다 채식에 어울리는 납작한 다른 치아들로 구성되어 있으니 육식은 조금만 하는 게 맞다.

생로는 자연스럽지만 병사는 자연스럽지 않다. 생로를 막지는 못하지만 병사를 지연해보자는 것에 동참하는 기분으로 이번 달은 즐겁게 육식 자제!

하루 한 번
소리 내서 크게 웃기

슬픔이 넘칠 때는
차라리 웃어버리자

정
림

나는 너무 진지한 사람으로 살아왔다. 생의 갑옷을 둘러 입고 있으니 사람들이 긴장했고, 새를 내쫓는 허수아비처럼 방어벽을 치고 있으니 사람들이 다가오지 않았다. 나는 농담을 한 것인데 사람들은 진지하게 받아들여 당황스러웠다.

나는 잔뜩 추켜올려 있던 허수아비 두 팔을 내리고 싶었다. 무겁던 갑옷을 벗어 무장 해제를 하고 편안해지고 싶었다. 내 가슴속에 서당 선생보다 철부지가 살고 있으면 싶었다. 외톨이보다 수다쟁이가 있으면 싶었다. 비련의 주인공보다 코믹 배우가 더 활동했으면 싶었다.

언젠가부터 웃을 때 크게 소리 내서 웃기 시작했다. 누가 조금이라도 재미있는 이야기를 하면 소리 내서 웃었다. 정말 재미있어서 웃을 때도 있지만 재미있고 싶어서 일부러 웃을 때도 있다. 그렇다고 해서 가식은 아니다. 웃고 싶어서 웃는 것도 진심은 진심이니까.

나는 웃음이 헤프다는 소리를 듣더라도 지금보다 더 자주, 더 크게 웃으며 살고 싶다. 그래서 하루에 한 번 정도는 의식해서 혼자 있을 때에도 그냥 한 번 크게 웃어본다. 웃음의 종류에는 무려 80개나 있다고 한다. 떠들썩하게 웃는 홍소에서부터 미소, 조소, 희소, 폭소…. 그 중에서 나는 '파안대소'를 하고 싶다. 현실의 무게가 무거울수록, 현실의 상황이 슬플수록 박수도 쳐가며, 옆 사람 어깨도 쳐가며 소녀처럼 깔깔 소리를 내서 웃고 싶다. 낙엽이 구르는 것만 봐도 까르르 웃던 소녀를 내 안에 불러들이고 싶다. 그것이 경박이라면 나는 기꺼이 경박해지고 싶다.

인도에서는 '웃자 클럽'이 있는데 전국에서 사람들이 정기적으로 모인다. 그리고 하는 일이라곤 단 한 가지. 배를 잡고 소리 내서 하하하 크게 웃다가 헤어진다고 한다. 한 명이 앞에 나와 이유도 없이 하하 웃기 시작하면 그 웃음에 전

염되어서 모두 하하, 깔깔 웃는다. 그렇게 소리 내서 웃다가 돌아가고 나면 심각하던 얼굴이 펴지고 어렵던 인생이 쉬워지고 암흑이던 세상이 환해진다는 것이다.

이 세상에서 전염성이 가장 강하고 빠른 것은 '마음'이라고 한다. 사사건건 불평을 늘여놓는 투덜이를 만나면 나도 우울해지지만 그 어떤 상황에도 웃고 있는 사람을 만나면 그 즐거움에 전염된다. 나는 웃음 바이러스를 맘껏 퍼뜨리고 싶다. 내가 한 번 웃으면 세상은 한 번 시원하게 샤워를 한다.

루이스 휘른베르크의 시에서처럼 울기는 쉽다. 끝없이 넘쳐나는 눈물의 바다 속에서 웃는 것이 어렵다. 그런데 웃으면 지옥은 사라진다.

"웃을 일이 있어야 웃지요."라고 한다면 슬픔이 넘칠수록 크게 웃어버리라고 하고 싶다. 로커스트가 부른 80년대 히트곡 〈내가 말했잖아〉의 가사에도 있지 않는가.

슬픔이 넘쳐흐를 땐 차라리 웃어버려.

선글라스 끼고
미니스커트 입고 설거지하기

지루한 일상에
작은 변화를

정연

거지 중에 내가 가장 좋아하는 거지는? 설거지.

설거지를 그다지 좋아하는 편이 아닌 내가 어느 순간부터 설거지를 즐기고 있다.

우리 집 주방에 햇살이 가득한 어느 날 외출하고 돌아와 바로 식사하고 나서 머리에 차고 있던 선글라스를 끼고 설거지하면서 바로 그날 내 선글라스 설거지는 시작되었다.

같이 사는 남자가 유난히 설거지를 즐기는 남자라 웬만하면 그쪽으로 미뤄왔는데 그날은 그렇게 우연히 선글라스를 끼고 미니스커트를 입은 채로 설거지를 하게 되었다.

그릇들이 달그락거리며 눈부시게 빛났다. 담겨 있던 음식

물들은 내 위장 속으로 이미 이동하고 빈 접시 위의 비눗방울이 스키를 타다가 물줄기에 빠르게 사라지고 내 파란빛 미러 선글라스에 비친 하얀 접시가 파랗게 투사되었다.

선글라스를 끼고 하는 설거지가 재미있다니! 웬 참치 통조림에서 미꾸라지 튀어나오는 소리냐고? 웬 마카롱이 트위스트 추는 소리를 하냐고 하겠지만 굉장히 재미있다.

음식의 잔여물을 적나라하게 보지 않아도 된다. 선글라스라는 환상의 필터가 남은 음식물마저 뽀송뽀송하게 보이게 한다. 그 후로 나는 설거지를 지루한 주방 일이 아닌 신선한 나만의 힐링 타임으로 만들고 있다.

설거지할 때는 미니스커트나 원피스를 입고 하는 것이다. 사계절 내내 옷장에서 잠을 자고 있는 옷들을 되도록 활용한다. 5년간 안 입은 옷이라면 앞으로도 입을 확률이 거의 없기에 난 예전의 예쁜 옷들을 아끼지 않고 설거지 패션으로 활용한다.

오늘은 좀 작아진 듯한 파란 미니원피스를 입고 그 위에 앞치마를 둘렀다. 앞치마는 아주아주 요긴하다. 주머니가 있어서 스마트폰을 꽂기도 좋고 두르고 있으면 내가 조신한 여자인 듯하고 자신 없는 중부 지방의 부위도 커버해주니까 정말 좋다.

집에서 커피를 마실 때도 카페에 왔다고 생각하고, 여름에 혼자 있을 시간에는 비키니를 입은 느낌으로 미니스커트를 입고 커피를 마시면 좋다. 마음속으로 비키니를 입었다고 생각하면 혼자 있어도 배 근육에 아무래도 힘주게 되니까 다른 부위보다 배 부분은 살이 덜 찌는 느낌이 든다.

아이가 학교에서 돌아올 때 후줄근한 채로 문을 열어주는 엄마는 별로다. 학교에서 힘들게 공부하고 집에 왔는데 엄마마저 후줄근하면 얼마나 지루할까.

아이가 저학년일 때는 긴 웨이브 가발을 쓰고 아이를 맞기도 했다. 서프라이즈! 새로운 엄마 모습에 아이는 재미있어 했다. 지루하지 않은 사람, 재미있는 사람이고 싶다.

2017년 아카데미 시상식에서 배우 사무엘 잭슨이 이런 말을 했다.

> 훌륭한 영화는 웃게 만들거나 울게 만드는 영화라지만 난 흥얼거리게 해주는 영화를 가장 훌륭한 영화라고 생각한다.

내가 생각하는 재미있는 인생이 바로 그런 것이다. 흥얼거리는 낙천주의자. 오늘도 나는 미니스커트를 입고 선글라스를 끼고 설거지하며 콧노래를 흥얼거린다.

새벽을 다양하게
맞아보기

365일 다 다른 새벽

정림

나는 사실 새벽의 시간을 아주 좋아한다. 만일 하루 24시간 중에서 사랑하는 사람에게 선물하고 싶은 시간이 있다면 나는 새벽을 주고 싶다.

요하네스 브람스의 작품 대부분은 첫 악장이 알레그로로 시작된다. 우리 노래의 진양조 역시 첫 시작은 늘 장중하고 우아하고 신비롭게 시작된다. 그런가 하면 시인 라이너 마리아 릴케는 하루가 시작되는 첫 새벽의 풍경을 보며 "아름다움이여, 위대한 공포여!"라고 감탄했다.

하루 중에서 가장 철학적이 되는 시간은 하루를 시작하는 '이른 아침'이라고 말한 철학자도 있고, 이른 아침에는 감정이 가장 이중적으로 치닫기 쉽다고 말한 철학자도 있다.

이른 아침에는 정신이 가장 활발하게 운동하고, 또 육체가 가장 힘을 얻기도 한다. 추상적 삶과 구체적 삶이 빠르게 왕복하며 넘나드는 시간이다. 이토록 신비로운 새벽을 나는 좀 더 다양한 느낌으로 새롭게 맞이하고 싶다.

아침, 점심, 저녁, 밤이 계속 반복되는 것에 대해 지루하게 생각될 때가 있다. 그런데 알고 보면 똑같은 태양, 똑같은 어둠은 없다. 나무에 달린 수많은 잎사귀도 하나하나 살펴보면 똑같은 잎은 하나도 없는 것처럼 우리에게 배달된 새벽이라는 시간은 그 느낌이 다 다르다. 어디에서 그 새벽을 맞느냐에 따라 느낌은 더 달라진다.

내 인생의 잊을 수 없는 새벽, 그 시간을 호출해본다. 몇해 전 늦가을 어느 날 언니와 함께 광주대학교에 강연을 간 적이 있다. 그 지역에 간 김에 하루 전날 내려가서 선암사에서 하룻밤을 묵었다. 시인 정호승은 시 〈선암사〉에서 이렇게 말했다.

눈물이 나면 기차를 타고 선암사로 가라
선암사 해우소로 가서 실컷 울어라 (…)
풀잎들이 손수건을 꺼내 눈물을 닦아주고
새들이 가슴속으로 날아와 종소리를 울린다

선암사 해우소 앞 은행나무는 자신의 살과 같은 은행잎을
해우소로 찢겨 보내 해우소의 거름과 섞인다. 그 은행나무
에 기대 있자니 시인이 왜 그곳에 가서 울라고 했는지 알 것
같았다. 울지 않아도 눈물이 났다. 굳이 성찰하지 않아도 고
개가 떨구어졌다. 아래로, 아래로 내려보내 거름이 되는 은
행잎처럼 내 삶도 아래로 흐르고 싶다는 생각이 들었다.

슬픔과 후회, 미련들을 은행잎에 묻어 해우소 거름으로
보내고 나서 선암사의 작은 방에 들어 하룻밤을 지냈다. 자
리를 깔고 누워 언니와 도란도란 이야기를 나눴던 그 밤을
어떻게 잊을까.

새벽 3시에 새벽 예불에 참여하자고 언니와 약속하고 잠
들었는데 알람이 울리기도 전에 고요한 풍경 소리에 깼다.
바람의 움직임에 따라 고적하게 들려오는 풍경 소리. 풍경
의 추는 어디서나 물고기 모양을 하고 있다. 물고기는 잠을
잘 때에도 결코 눈을 감지 않는다. 하물며 죽을 때조차도 눈

을 감지 않고 죽는다고 한다. 그래서 산사에 있는 풍경의 추가 물고기 모양으로 되어 있는 건 아닐까. 잠들지 말고 늘 깨어 있으라고, 눈감지 말고 세상을 느끼라고.

바람의 결에 따라서 이리저리 몸을 뒤척이는 풍경 소리 따라 새벽 예불이 열리는 법당으로 걸어갔다. 새벽바람이 내 뺨을 간질이고 아직 집으로 돌아가지 못한 새벽달이 법당으로 가는 길을 안내했다. 다만 내 호흡에만 집중하며 내 마음과 대면할 수 있는 새벽 예불을 마치고 밥에 단무지 몇 조각이 전부인 아침 식사를 했다.

선암사의 그 새벽과 함께 겨울 홋카이도의 새벽도 잊지 못한다. 온천에 앉아 새벽의 먼 산을 보고 있는데 몸은 뜨거운 물속에 있지만 뺨에는 차가운 눈발이 와 닿던 느낌. 그때 같이 갔던 친구에게 말했다. 내가 어느 날 잠적해서 연락이 없거든 여기 숨어 있는 줄 알라고.

집에서 새벽을 맞는 경우가 대부분이지만 늘 어제와 다른 감정으로 내 삶에 다가온 새벽을 맞이하고 싶다. 나는 새벽 시간을 잠으로 소비하고 싶지 않다. 일어나자마자 에세이를 쓰는 일은 내 새벽을 맞는 의식이 된 지 오래다. 어제와 다른 글을 쓰기 때문에 나는 어제와 다른 느낌으로 새벽을 맞는다. 그리고 신선한 과일을 잔뜩 먹고 산책하고 기도하고 커피를 내려 마시고 요가를 한다. 그렇게 많은 것을 하고 나서도 아직 아침 시간이다. 새벽을 길게 맞이하면 하루가 길어진다. 그러니 시간이 느리게 가고 내 일생이 길어진다.

오래전에 에세이를 읽다가 참 궁금한 감정 하나가 있었다. 어느 작가인지는 생각나지 않는다. 새벽 강가에 나가 거니는 느낌을 표현했던 것 같다. 안개가 감싸는 느낌이 여인의 속살 같았다고. 여인의 속살 같은 새벽안개는 어떤 느낌인 걸까. 어디로 여행을 가면 꼭 새벽에 깨어나 주변을 산책한다. 그런데 유감스럽게도 아직 이른 새벽의 강가를 혼자 산책해보지 못했다.

여인의 속살 같은 물안개가 내 지친 어깨를 어루만져주는 새벽 강가. 그 경험을 남겨두고 있다. 아주 이른 새벽, 물안개가 피어오르는 강가의 돌무더기 위에 혼자 앉아 있는 내 모습을 떠올려본다.

내 인생에 이제 새벽이 몇 번이나 올까. 나에게 허락된 새벽은 몇 번일까…. 그 새벽들을 설레는 마음으로 기다린다. 내일 새벽에는 어떤 마음으로 어떤 경험을 하게 될까.

드레스 입고
파티하기

친구들과 여배우처럼
파티를

정연

몇 해 전 11월 어느 날에 친구들 모임의 총무로부터 "다음 달에 있는 송년회는 드레스 코드가 있다. 시상식장에 오는 여배우처럼 드레스를 입을 것! 친구들의 반전 매력을 기대한다."라는 문자가 왔다.

그 문자는 우리에게 큰 파동을 일으켰다. 여배우 드레스? 드레스가 어디 있다고? 이제부터 다이어트에 돌입! 드레스 너무 비싼데 나 돈 없어 등.

다행히 친구들 모임에서 그동안 모아온 돈이 있어서 드레스 대여료를 지원한다는 추가 문자가 왔다. 그렇게 한 사람당 5만 원의 드레스 대여료를 지원받고 우리의 여배우 코스프레는 시작되었다.

44사이즈부터 88사이즈까지 드레스를 대여할 수 있다는 것을 그때 알았다. 연주회용 드레스, 파티용 드레스, 웨딩용 드레스까지 모두 갖춘 대여점이 많다는 것도 알게 되었다.

처음에는 웬 이런 황당한 이벤트를 하는지 귀찮았는데 친구들이 안 그래도 지루하던 참이라고 우리도 파티라는 걸 해보자고 부추기면서 친구들 모임 메신저에 불이 붙었다.

나도 친구들에 떠밀리듯 드레스를 대여했는데 버건디 색상에 러블리한 디자인이면서 몽환적인 느낌의 이브닝 드레스를 골라 입었다.

젊어서는 어떻게 하면 몸매를 드러낼까 고민하지만 나이 들면 어떻게 하면 몸매를 감출까 고민한다.

나도 풍성한 라인의 화려한 플라워 장식이 덧대어져서 내 몸매보다 꽃 장식에 눈길이 가게 신경을 썼다.

그렇게 시작된 드레스 파티! 미리 예약해둔 장소로 친구들 한 명 한 명이 들어섰다. 살찌면 살찐 대로 과감한 반전 매력을 보여주는 친구, 귀여움을 강조한 깜찍한 스타일로 시선을 강탈하는 친구…. 새로운 매력들로 생동감이 넘쳤다. 유리 구두만 신으면 바로 왕자님이 파티장으로 데리러

올 것 같은 자태들이었다. 밋밋한 드레스에 큰 숄을 두른 친구도 멋져 보였다.

섹시하면서도 천박하지 않게, 우아하면서도 지루하지 않게, 섹시함과 우아함의 중간인 그런 느낌! 우리는 서로 "네가 너 맞니?"라며 탄성을 질렀다.

파티장에는 영화 〈귀여운 여인〉의 주제곡이 흘러나오고 우리는 모두 공주가 된 기분으로 그날 모임을 즐겼다. 그날 우리는 그동안 방치하던 매력의 근육들을 마음껏 쓰며 놀아보았다.

여배우들은 가을부터 다이어트를 한다고 한다. 연말 시상식에서 고혹적인 드레스를 입어야 하니까. 젊은 배우들과도 드레스 경쟁을 해야 하니까. 그러나 친구들끼리 파티하게 되면 경쟁보다는 재미다. 비슷한 나이끼리, 비슷한 처지끼리 모여서 여배우 코스프레를 해본다는 것은 신선한 시도였다.

만약 남녀가 섞인 파티라면 엄청 신경이 쓰일 것이다. 복부 비만은 어쩔 거야? 실종된 등과 허리 라인은 어쩔 것이냐고! 이런 불편함이 계속 따라다니겠지만 남자 없이 편한 친구끼리니 그냥, 마냥 즐겁다. 오늘의 내 외모를 과거의 나와 비교할 필요는 없다.

언제나 과거의 내 모습과 지금을 비교하면 지금의 난 언제나 패배다. 미래의 나와 오늘의 나를 비교하면 난 언제든 승자다. 나이 들어서도 여전히 귀엽고 섹시하고, 가벼움과 무거움을 다 지니고, 확실함과 몽환적인 것도 갖추고, 부지런함과 도전성도 지닌 이 사람들이 내 친구들이라니! 난 그날 설레서 미치는 줄 알았다. 자정이 되기 전에 서둘러 집에 가서 현관문을 여는 순간 그 꿈은 깨졌지만….

침대에서
라틴 댄스 추기

내 방 안에서
방탕하기

정연

단테 알리기에리는 《신곡》에서 우리가 잘못하는 죄 일곱 가지를 꼽았다. 오만, 질투, 분노, 태만, 탐욕, 폭식! 이 여섯 가지의 악에다 '색욕'까지 포함해서 일곱 가지다.

　사랑하는 사람에게 부리는 애교 같은 건 귀엽지만 장소 불문, 상대 불문, 누구에게나 마구 색욕을 드러내는 사람이 있다. 마치 생식기를 밖으로 꺼내놓고 다니는 것처럼 오로지 색만 쓰는 사람. 그런 사람은 그 시간을 부담스럽게 만드는 이른바 민폐 캐릭터다. 색도 사랑하는 사람에게 진정성 있게 써야지 아무 데서나 흘리는 사람을 보면 결코 아름답지 않다.

다행인지, 행운인지, 불운인지 모르겠지만 나에겐 색을 쓰는 유전자는 없고 청순 유전자만 있다. '이 나이에 무슨 청순?' 하겠지만 내 생활 자체가 사실 청순하고 순박하다. 전체 관람가 같은 나날이라고나 할까.

나는 방탕하거나 색을 쓰는 것에는 그다지 취미가 없다. 하지만 그냥 나를 놓고 싶을 때가 가끔 있다. 해이해지고 싶을 때, 바로 그때가 위험하다고 하는 시기다. 언젠가 스웨덴으로 가는 유람선에서 본 기억이 난다. 양복을 입은 유럽의 근사한 남자들이 배가 출발하자 갑자기 독주를 병째로 들이키더니 그야말로 흥청망청 망가지는 모습들.

그런데 바로 그것이 힐링의 요법이 되기도 한다나. 자신을 풀어헤치고 망가지면서 그동안 조여온 것을 풀어주는 시간이라고 한다. 유람선에서 보내는 동안 그들은 술에 취해 흐느적거리며 웃기도 하고, 갈 지(之) 자로 걸으면서 유람선을 더 출렁이게 했다. 방탕 유전자가 있는데도 그것을 감추고 사는 사람들은 저렇게 자신에게 방탕의 시간을 선물해야 풀 수가 있다고 한다. 위험을 막아주는 방탄의 역할이라는 것이다.

나도 사람이니까 가끔은 나를 마구 놔버리고 싶을 때가 있다. 청순 유전자는 숨기고 방탕 유전자를 노출하고 싶을 때, 유혹의 사랑꾼이 되고 싶을 때, 해이해지고 싶을 때가 있다. 그렇다고 밖으로 나가서 유럽의 그 신사들처럼 흥청댈 용기는 없다. 클럽에 가본 지도 오래되었고 신나게 춤춰본 기억이 언제인지 가물거린다.

이제 나 혼자라도 내 침대에서 라틴 댄스를 마구 격렬하게 추리라. 음악을 틀어놓고 춤꾼처럼, 세기의 댄서처럼. 침대 매트가 망가질 만큼 춤춰보고 싶다. 유혹적이고 격정적인 라틴 댄스를.

내 방에서만큼은 내 자유를 죄의식 없이 맘껏 누리리라. 내 성의 성주는 나 자신이므로. 나 자신에게 명하리라! 춤을 맘껏 추어라! 흔들어라, 망가져라, 방탕하라! 내 방에서 자유롭게 하리라!

온몸에 땀이 흐르도록 춤추고 나면 신기하게도 잡념이 사라지겠지 싶다. 춤과 샤워와 잠. 이 3종 신비 세트는 놀랍도록 조화를 이룰 것이다. 어젯밤 방전된 스마트폰이 밤새 충전되어 활기 있게 나를 맞아줄 것이다. 어젯밤에는 지쳐서 해롱거리던 사물들이 밤새 충전되어 힘차게 손짓할 것이다.

땀을 흘리고 나서 샤워하고 나면 신비할 만큼 잠이 달달해진다. 잠이야말로 진정한 휴식이다. 몸을 격하게 흔든 후 샤워로 몸은 릴랙스되고, 잠으로 스트레스를 절연해줄 테니 힘이 솟으리라!

인생은 만만치 않다. 그런데도 기운을 내야지. 나 혼자 침대에서 추는 격정적인 라틴 댄스! 언제 유튜브에 올리기라도 해야 하나?

Part
05

아는 만큼 설레고 재미있고

신화 공부하기

신화를 읽으면
인생이 재밌어진다

정
림

우리 인생은 모를 것투성이다. 난해한 수학 문제 같은 일이 인생 앞에 출제가 되고, 피하고 싶은 물리 문제가 놓이기도 한다. 어떻게 풀어야 할지, 어떤 길로 들어서야 할지 모르는 인생. 그렇다면 철학자는 인생을 알까? 어느 철학자는 인생에 대해 물었더니 "너무 어려우니 그런 질문, 하지 마시오." 라고 대답했다고 한다.

막연함과 막막함으로 둘러싸인 인생, 그 인생의 해답을 신화는 들려준다. 신화를 보면 우리 인생의 기초에는 두 가지가 있다. 인간은 불행하게 태어났다. 신은 죽지 않고 인간은 죽는다.

아! 그래서 그토록 행복해하는 거구나. 불행하게 태어났으니 행복을 추구하는 것은 인간의 본능일 수밖에. 우리 삶이 행복하기만 하다면 그게 비현실적이라고 신화는 말해준다. 신화는 재미있는 이야기로 인생을 말해주는 철학 선생이다.

또 한 가지 신화를 읽어야 하는 이유는 신화를 읽지 않으면 사는 재미가 덜하다.

어느 라디오 방송에서 진행자가 광고인 박웅현 씨에게 "인문학을 하면 밥이 나옵니까?"라고 물었다. 박웅현 씨는 "인문학을 하면 밥이 나오는 건 아니지만 밥이 맛있어지는 건 분명합니다."라고 대답했다.

신화를 읽는다고 인생이 달라지지는 않는다. 그러나 똑같은 인생을 살아도 더 행복하게 살 수는 있다. 그림을 봐도, 영화를 봐도, 책을 읽어도, 뉴스를 보고 신문을 읽어도, 하다못해 게임을 해도 신화를 읽고 나면 그 느낌의 촉수가 달라진다.

그렇게 신화를 읽어야 하는 이유는 신화에 인생의 길을 물을 수 있다는 사실, 그리고 신화를 알면 행복이 확장된다는 사실 때문이다.

신화는 어렵다는 인식이 있다. 어떻게 찾아서 어떤 책으로 접해야 할지 난감하다. 나는 신화를 읽을 때 이렇게 읽었다. 우선 상식적으로 알아둬야 할 신화 속 인물이나 스토리를 나열했다. 그리고 그 인물의 이야기를 찾아 읽었다. 헤라클레스, 오디세우스, 오이디푸스, 판도라, 테세우스, 페넬로페, 안티고네…. 인터넷이든 만화든 에세이든, 인물별로 이야기를 찾아 읽었다. 어디선가 많이 접해봤던 이들을 조금이라도 알아가는 기쁨이 있다.

신화 속 그들을 알고 나면 그 인물들이 먼 시간 속에서 걸어 나와 말을 건다. "당신의 인생은 어떤가요?", "당신의 사랑은 어떤가요?"

그리스 신화를 읽다가 그리스로 여행을 떠나고 싶다는 꿈을 가지게 되었다. 아직 가지 않았기 때문에 슬픈 게 아니라 언젠가는 그곳에 가리라는 기다림과 설렘이 있어서 좋다.

그곳에 가서 신화 속의 길들을 걸어보리라. 내가 가장 좋아하는 신화 속 인물인 아킬레우스. 약점을 품고 있기에 약한 자를 가엾게 여길 줄 알고, 슬픔을 알기에 슬픈 자를 품을 줄 아는 아킬레우스를 그리스의 어느 거리에서 만나보리라.

작가와
열애하기

내 지독한 열애 대상은
작가였다

정연

내가 대학 시절 오래 연애한 남자는 두 사람이다. 그 외에는 주로 한두 달 만나다가 헤어지거나 바로 다른 사람을 만나는 것으로 전환했다. 그러나 이 두 남자는 6개월 이상 꾸준히 나를 매료하게 했다.

한마디로 미친 연애였다. 두 남자는 독일 남자와 러시아 남자였는데 그 남자들의 이름을 공개한다. 바로 독일 작가 헤세, 러시아 작가 톨스토이다. 그들이 바로 내 혼을 빼앗아 간 열애 대상 남자였다.

대학 다닐 때 헤세에게 처음으로 빠졌다. 동생 정림이 덕분에 그를 열애하게 되었다. 정림이가 먼저 헤세와 열애에 빠져 있었기에 동생이 보다가 잠든 헤세의 《지와 사랑》을 읽기 시작했다. 나르치스와 골드문트의 이야기였는데 방황과 행동의 아이콘인 골드문트보다 고뇌하고 내밀하고 깊이 있는 나르치스에게 내 혼이 끌렸다. 그때부터 나는 헤세가 쓴 책만 읽었고, 껴안고 다니며 읽었다.

헤세의 작품을 읽을 때는 읽는 순서가 있다고 정림이가 말했다. 먼저 《데미안》을 읽고, 그다음은 《지와 사랑》을, 그리고 《유리알 유희》, 《황야의 이리》를 거친 다음에 《수레바퀴 밑에서》로 읽어가는 것이 좋다고 했는데 난 그냥 닥치는 대로 읽었다. 읽고 싶은 대로 읽는 것이 내 독서법이기 때문이다.

헤세 작품들을 읽고 나면 사색과 상념에 젖게 된다. 책의 주인공들에게서 진하게 헤세를 느낀다. 소설을 읽다 보면 헤세를 만나고 온 느낌이 든다. 절망이와 희망이를 모두 만나게 된다. 그러다가도 결국은 '지치면 안 돼. 수레바퀴에 깔리게 될지 모르잖아.' 하는 '헤세심(心)'으로 돌아오게 된다.

얼마 전 〈헤르만 헤세와 그림들〉 전시 소식이 있어서 헤세 마니아 원조인 정림이와 부리나케 달려갔다. 어찌나 설레던지. 예전에 사귀었던 첫사랑 남자를 만나러 가는 느낌이었다. 시와 소설뿐 아니라 그림도 잘 그렸던 헤세. 역시 헤세는 나를 실망하지 않게 했다.

마치 데이트하던 길을 다시 가보듯이 헤세의 글과 책과 그림들을 만났다. 헤세는 정원을 좋아하고, 발코니를 아끼고, 그리고 하늘 보는 것을 즐겼다. 도슨트의 설명도 들리지 않을 정도로 헤세와의 재회에 흠뻑 빠졌다가 나왔다.

그리고 동생을 두고 며칠 후에 나 혼자 또 가서 전시를 보았다. 헤세와의 재회는 실로 감성이 돋았다. 그런데 더 웃기는 것은 동생도 나중에 또 혼자 갔다 왔다는 것이다. 각자 또 자기 혼자 또 헤세를 만나러 간 것이다. 우리는 서로 못 말린다며 깔깔 웃었다.

헤세 다음에 열애한 남자는 톨스토이였다. 아, 톨스토이. 그냥 이름만 이야기해도 톨스토이의 소설이 떠올라서 가슴이 아리다. 《전쟁과 평화》의 안드레이와 나타샤, 피에르. 이름만 떠올려도 심장이 쫄깃해진다. 안드레이가 사랑하는 여자를 두고 나간 전쟁터에서 아수라장이 되어 공격을 받고 누운 상태에서 하늘을 보며 "맞아! 그건 다 허영심에서 오는 거야. 끝없는 하늘을 제외하곤 모든 것이 환상이지. 아무것도 없다고. 정말로 아무것도."라는 독백.

나타샤와의 사랑이 이뤄지길 그렇게 바랐건만 결국 유혹

과 오해로 둘의 사랑이 이뤄지지 않아서 안타까웠지만 그래도 숭고한 결별의 모습. 운명에 따라 결국 피에르와 나타샤가 맺어지는 과정과 결말은 밤하늘의 별처럼 순서가 있었고 조화로웠고 아름다웠다.

낭만 비극인 《안나 카레니나》와 《부활》도 빼서는 안 되지. 톨스토이의 호흡을 고스란히 느낄 수 있는 작품이니까. 무엇보다 단편 소설 《사람은 무엇으로 사는가》를 읽고 나서는 인생의 큰 울림이 떨림처럼 전해져왔다. 세상의 비극이라는 것은 하늘에서 볼 때 그 어떤 일의 '관장'일 수 있다는 것을 느낄 수 있었고, 세상은 그 어떤 일도 일어날 수 있는 곳이고, 그리고 어떤 상황에서도 인생은 흐른다는 것도 깨달았다. 죽음이라는 공포에서도 벗어날 수 있었고, 또 비극에 대한 시야가 넓어짐을 느꼈다.

톨스토이에 대해서 나는 신앙에 가깝게 여길 정도로 맹신하며 그의 작품들 속에 빠져 살았다. 톨스토이 작품을 읽은 사람은 인생의 어떤 일이 일어나도 내적인 갑옷을 장착하고 있는 것처럼 '감성 근육'을 키울 수 있다. 슈퍼 갑의 정신을 지닐 수 있게 도와준다.

어느 작가의 작품을 집중적으로 읽어보는 것은 아주 짜릿한 일이다. 그 작가의 영혼마저 내 옆으로 데려올 수 있으니까. 혼자 읽는데 진도가 안 나가면 그룹을 짜서 읽기를 권한다. 물론 시간을 요하는 일이라 깨질 수도 있다. 나도 어느 때인가는 여덟 명이서 독서 그룹을 짜서 읽기 시작했는데 친구들이 계속 바쁘다고 안 나오고 빠져나가서 결국은 나 혼자 남았다. 그래도 난 혼자 읽었다. 재미있어서 멈출 수 없었다.

그러다 보니 나 혼자 작가와 연애하는 기분으로 둘이 만나는 기분을 만끽할 수 있었다.

좋아하는
철학자 정하기

칸트에게서
나오는 별빛 성찰들

정연

방송 프로그램 〈비정상회담〉에 나온 독일의 다니엘이 고등학교(김나지움)에 다닐 때 철학 선생님이 세상에 철학자는 프리드리히 빌헬름 니체밖에 없다고 1년 내내 니체만 가르쳤다고 한다. 니체만 알면 인생을 사는 데 괜찮을 거라고 니체만 내내 가르쳤다고 한다. 인간이 철학을 하려면, 혹은 인간에게 있어서 가장 유일한 철학은 니체밖에 없다고 하며 니체 이외의 철학자들은 거론하지도 않았다고 한다.

니체 하면 "고난은 전진하는 자의 벗이다."라는 명언이 생각나는 철학자다. 니체가 말한 "신은 죽었다."라는 것은 신이 정말 죽었다거나 신은 없다고 존재를 부정하는, 주관적인 무신론을 이야기하는 것이 아니라 '신을 배제한 상태'의 인간 본래의 상태를 강조한 것이다.

　그런데 다니엘이 한 학년 더 올라가자 새로운 철학 선생님은 게오르크 빌헬름 프리드리히 헤겔밖에 없다고 강조했다고 한다. 최고의 철학자는 헤겔이며, 헤겔이면 인생이 해결된다고 강조했다. 다니엘을 비롯한 그때 그 김나지움에 다닌 학생들은 또 헤겔을 집중 공부했다.
　헤겔 역시 위대한 철학자다. 헤겔은 "인간 세상은 결국 인정의 역사"라고 했다. 인정받고 싶어서 싸우고, 인정받고 싶어서 옮기고, 인정받고 싶어서 울고 웃는다는 인정의 역사를 강조한 철학자다.

　당시 다니엘은 니체와 헤겔에 빠져서 공부했는데, 이제 생각하니 어느 것 하나에 치우쳐서 가르친 선생님이 너무했다 싶다나. 만약 내가 그 김나지움 선생이라면 어떤 철학자를 강조했을까 생각해보았다. 독일의 철학자 칸트가 가장 먼저 떠오른다. 매일 새벽에 일어나서 원고를 써야 하는 내 마음속에는 칸트의 "너는 할 수 있다. 왜냐하면 해야 하기 때문에."라는 말이 현수막처럼 걸려 있다.

칸트는 일단 일상 자체가 호기심을 유발한다. 칸트는 시종 람페가 5시 5분 전에 깨우면 5시 정각에 식탁에 앉았고 한두 잔의 차를 마시고 12시 15분까지 오전 내내 강의 준비를 했고 헝가리산 포도주를 마시고 나서 오후 1시에 식탁에 앉았다고 한다. 점심을 마친 후에는 똑같은 길을 산책했다고 한다. 프리드리히스부르크의 요새까지 걸었다.

오후 6시에 신문을 읽고 난 다음에 항상 14도의 온도를 유지하는 서재에서 다시 연구를 시작했다. 밤 10시에 사색을 멈추고 창문을 꼭 닫고 고치 속에 들어가듯이 누에고치처럼 잠자리에 들었다.

칸트는 한 번도 사랑에 빠져본 적이 없었다. 물론 애인도 아내도 없었다. 여자의 육체에 목석같았던 칸트. 칸트의 집에 여자라곤 한 명도 없었고 심지어 시종도 남자밖에 없었다.

칸트의 이런 시계추 같은 일상을 두고 스스로 자신에게 입힌 영웅적인 죄수복이라는 비평도 있다. 칸트의 평안한, 굴곡 없는 삶을 두고 위기가 없었던 삶이었다고 지적하기도 한다. 태풍, 폭풍, 화산, 휘몰아치는 거대한 파도, 이런 것을 칸트는 본 적이 없고 내밀한 경험들만을 가졌을 뿐이라는 비판도 있을 수 있지만, 가장 자율적이고 가장 책임 있는 합

리적이고 이성적 인간을 설명하고자 했던 칸트야말로 인간 중심 철학의 본령이라고 할 수 있다.

그런데 난 왜 이렇게 이런 칸트가 매력적으로 보일까. 칸트에게는 범부는 도달할 수 없는 강인함이 있다. 칸트는 실존을 성찰했고 흔들리지 않았다. 그랬기에 세 편의 기념비적인 '비판'들을 탄생시킬 수 있지 않았을까. 난 연약한 쿠크다스 멘탈의 소유자에게는 매력을 느끼지 못한다. 강철의 슈퍼 멘탈 갑의 소유남에게 마음이 훅 간다. 바로 칸트 같은 사람 말이다.

인류에게 큰 성찰과 삶의 지표를 제시하고 생각의 크기를 획기적으로 넓혀준 철학자가 여럿 있을 것이다. 그러나 아마도 1,000년에 한 번 나올까 말까 한 철학자, 칸트만큼 '인간에게 있어서 철학의 필요성을 명백하게 설명한 철학자'는 찾기 어려울 것이다.

칸트는 "사람에게 무엇을 해야 옳은가."라는 질문을 한다. 〈동물의 왕국〉을 보면 큰 동물이 작은 동물을 잡아먹고 동물들은 그걸 보고 당연하다고 생각하는데 사람들 사이에서는 강자가 약자를 괴롭히면 '그러면 안 되지.' 하는 마음이 든다. 동물은 당연하다고 생각하는데 인간은 다르다는 것이다. 이것이 바로 칸트가 말하는 인간의 도덕률이다.

선험적 정언 명령(경험하지도 않고 누가 가르쳐주지 않았는데도 경험 이전부터 정해져서 인간에게 존재하는 것)이라고 하는 도덕률이 있기에 강자가 약자 괴롭히면 안 된다고 생각하고 내가 받고 싶은 대로 남에게도 행해야 한다는 것을 아는 존재가 바로 인간이다. 그게 바로 밤하늘에 별이 있듯이 사람의 마음속에는 도덕률이 있기에 아름답다고 하는 것이 칸트의 철학이다.

세상을 사는데 그래도 희망의 끈을 놓치지 않는 것은 칸트가 《실천이성 비판》에서 쏟아낸 별빛 같은 이 말 때문이다. 내가 종종 라디오 멘트를 쓸 때 인용하는 글이기도 하다. 이 문구는 지금은 러시아 영토인 칼리닌그라드(쾨니히스베르크)에 있는 칸트의 묘지명에 쓰여 있다.

> 내 머리 위의 별빛 반짝이는 창공과 하늘. 내 마음속에 깃든 도덕률이다. 도덕률은 내 보이지 않는 자아. 내 인격성에서 비롯하여 나를 하나의 세계속에 있게 한다.

철학을 알면 뭐가 좋을까. 그것은 내가 경험한 바에 의하면 성찰을 주기 때문이다. 물론 철학은 현실의 처세를 가르쳐주지는 않는다. 그러나 철학을 알면 웬만한 파도에도 흔들리는 조각배 같은 사람이 아니라 큰 폭풍이 일어도 묵묵히 배 저어가는 심지가 깊은 사람이 될 수 있다고 믿는다.

사극을 이해할 만큼은
국사를 공부하기

정조와 달빛 아래서
차 한 잔

정
연

알고 지내는 후배가 열애에 빠졌는데 어느 날 힘 빠진 목소리로 전화했다. "언니. 나 미치겠어요. 남자 친구랑 사극 영화를 보고 나와서 영화 배경에 대해서 이야기하는데 난 아는 게 하나도 없어서 미치겠더라고요. 그런데 언니, 조선 시대에 어떤 왕은 '종'이 붙고 어떤 왕은 '조'가 붙는 거예요?"

그날 바로 그 후배를 만나 그 카페에서 유튜브를 보며 국사 알기를 시작했다. 후배와 같이 찾아본 조선 시대의 왕의 명칭들. 뒤에 붙은 '종'이나 '조'는 왕이 살아 있을 때의 이름이 아니라 세상을 떠난 후 제사를 지낼 때 불린 이름이었다. 나라를 세운 왕은 태조, 업적을 세운 왕은 태종. 왕의 적자로 왕의 대를 이어가는 왕을 '종가집'의 '종'자를 써서 종을 붙였다. 왕위 계승 차례가 아닌데 왕이 되면 '조'를 붙였다.

나중에 조선 후기에는 '조'는 업적이 많은 왕에게, '종'은 차례대로 왕이 된 왕에게 붙였다. 영조, 정조, 순조도 원래는 영종, 정종, 순종이었는데 '조'가 붙여진 것이다. 연산군, 광해군 등 뒤에 '군'을 붙인 왕은 폐위된 왕을 말한다는 것이었다.

그러므로 우리가 아는 왕의 이름들은 사후에 붙여진 것이고 생전에는 원래 이름이 있었다. 세종은 이도, 정조는 이산이 원래 이름이었다.

우리 역사 중에 가장 재미있는 부분은 역시 과도기다. 고려에서 조선으로 넘어갈 때, 고려가 처음 생길 때, 조선에서 대한제국으로 넘어갈 때, 이때가 가장 극적이고 흥미롭다. 고려 왕건, 조선 이성계 이야기가 끊임없이 드라마에 나오는 것도 그만큼 극적인 변화의 시기이기 때문이다.

그리고 1700년대와 1800년대도 역사로 보면 슬픔과 안쓰러움이 교차하는 시대인데 나는 역사 속의 인물 중에 정조에게 정이 많이 간다. 배우 현빈이 영화〈역린〉에서 정조 역을 맡았기 때문만은 아니다. 정조는 어려서부터 아버지 사도세자가 뒤주에 갇혀 죽는 과정을 다 봐야 했고, 바로 그 아버지와 갈등을 빚은 할아버지로부터 선택을 받아서 왕이 된 남자로서 그 고뇌의 무게가 너무나 깊었을 것이다.

언젠가 동생에게 타임머신을 타고 역사 속 인물을 만나게 된다면 누구를 만나고 싶은지 물었던 적이 있다. 정림이는 조선 중기의 시인인 허난설헌을 만나고 싶다고 했다. 섬세한 감성의 시를 쓴 허난설헌과 차 한 잔을 마시며 대화를 나눠보고 싶다나.

나는 아무리 역사 속이라지만, 여자 말고 남자를 만나고 싶다. 조선 시대에서 가장 멋진 두 왕으로 세종대왕과 정조를 꼽는다. 세종대왕은 주위에 사람이 많아서 만나러 가는 건 별로고 정조에게 마음이 확 쏠린다. 고뇌하고 그리고 자신을 단련한 멋진 정조를 만나서 커피를 끓여 같이 따라 마시며 이야기를 들어주고 싶다.

〈역린〉에서 갑자기 정조가 "그대들이 그리 중요하게 여기는 옛 말씀을 듣고 또 듣고 깨우쳤는지. 다 외우고 있는 자손을 들어보시오. 여기 〈중용〉 23장을 아는 사람이 있소?"라는 질문을 던진다. 그러면 영화 속에서는 상책이 대답했지만 내가 공손히 대답하고 싶다. "작은 일도 무시하지 않고 최선을 다해야 한다. 작은 일에도 최선을 다하면 정성스럽게 된다. 정성스럽게 되면 겉에 배어 나오고, 겉으로 드러나면 이내 밝아지고, 밝아지면 남을 감동시키고, 남을 감동시키면 이내 변하게 되고, 변하면 생육된다. 그러니 오직 세상에서 지극히 정성을 다하는 사람만이 나와 세상을 변하게 할 수 있는 것이다. 이것이 《예기》〈중용〉 23장입니다.”

그러면서 자리를 옮겨 달빛 아래서 또 차 한 잔을 더 기울이면 어떨지.

국사나 세계사는 어른이 되어서 더 깊어진 관점으로 보다 보면 권력욕이 얼마나 무서운지 확연히 드러나는 과정들을 통해 알게 된다. 역사관이 없으면 사람이 여러 가지로 천박해지는 것을 많이 봤다.

당신은 만나고 싶은 역사 속 인물이 누구인지요. 타임머신을 탈 수 있다면 누구를 만나고 싶은지요.

산책할래요?

하루 한 번 산책하기

소외된 내 두 발에게

정림

일일 드라마를 쓸 때 누군가 나에게 물었다. 글이 안 풀릴 때는 어떻게 하느냐고. 글이 안 풀릴 때면 나는 무조건 집을 나선다. 그리고 여기저기 걷는다. 춥든 덥든 바람이 불든 비가 오든 상관하지 않는다. 더워서든 추워서든 코끝이 빨갛게 될 때까지 걷는다. 그러면 거짓말처럼 생각이 정리된다. 꽉 막혔던 스토리가 어느 정도 풀린다.

걷다 보면 온갖 추억이 가슴속으로 소환된다. 학교로 향한 골목길을 책가방 메고 걸어가던 기억, 소풍 갈 때 앞서가는 친구에게 장난치며 걸어가던 기억, 연인과 강둑을 걸어가던 기억, 슬픔에 젖어 비를 맞으며 거리를 걷던 기억, 기쁨에 차서 가로수 길을 걷던 기억…. 옛날을 돌아보면 어딘가 걸어가던 기억이 많이 떠오른다. 그리고 그 기억은 차를 타고 갈 때보다 두 발로 걷고 있을 때 더 마음에 차오른다.

이른 아침에 동네를 한 바퀴 산책하다 보면 늘 만나는 노부부가 계신다. 두 분은 손을 꼭 붙잡고 느긋하게 걸어가신다. 나는 그렇게 늙어가고 싶다. 느긋한 걸음으로 산책하듯 시간의 길을 걷고 싶다.

도시에 한낮이 찾아오면 산책하는 사람은 별로 볼 수 없게 된다. 급히 뛰거나 차를 탄 사람들만 도시에 가득해진다. "인간의 두 발은 써먹을 기회가 너무나 드물어서 조그만 가방 속에 담아 한쪽으로 치워놓아도 괜찮을 것 같다."라고 프랑스의 시인 앙드레 브르통은 한탄했다.

일상의 볼일을 보기 위해 두 발로 걷는 사람은 날로 드물어져간다. 바삐 차를 몰고 달려갈 일투성이가 현대 사회에서 걸어서 간다는 게 좀처럼 쉽지가 않다. 또 숨 막히는 도시의 도로 상황은 걸어가는 낭만을 허락하지 않는다. 미세먼지에 오염된 공기를 탓하기도 한다. 그러나 미세먼지가 걱정되면 마스크를 쓰면 된다. 자외선이 걱정되면 선크림을 바르고 모자를 눌러 쓰면 된다.

우리 본연의 자세인 두 발로 걷는 일. 그것은 모든 감각 기관의 모공을 활짝 열어주는 일이다. 걷는다는 것은 '자신의 몸으로 산다는 것'이다. 전신의 감각들을 예리하게 갈고 마음을 새롭게 다지는 기회다. 이제 소외된 내 두 발에게 땅과 친해지는 기회를 줘보는 건 어떨까. 땅의 숨결을 들려주고 땅의 느낌을 전해주는 건 어떨까.

산책을 좋아한다는 것은 어른이 되었다는 증거일 것이다. 어린아이들은 산책 같은 건 하지 않는다. 아름다운 숲길에서도 어른들은 그 풍경을 즐기며 거닐지만 아이들은 인디언처럼 돌아다닌다. 그러므로 그 어떤 계절이든, 그 어떤 날씨든 산책을 하며 자연을 즐길 줄 안다는 것. 그것은 곧 이제 어른이라는, 현실이다. 알고 보면 어른이 된다는 게 좋을 때가 많다. 물질이 아닌 마음으로 누리는 게 많아지니까.

아직 나에게는 걸어보지 못한 길들이 너무나 많다. 산티아고 순례길도 남겨두었고 고향의 올레길도 아직 다 걷지 못했다. 멀리 있는 그곳은, 내 인생 어느 지점에서 찾아갈 꿈으로 남겨둔다. 그리고 우선은 동네의 주변 길을 걸어본다. 걸으면서 미운 사람을 용서도 하고, 걸으면서 좋은 사람에게 행운도 빌어본다. 버겁고 지친 날일수록 더 오래 걷는다.

오늘은 브람스를 들으며 동네 한 바퀴를 돌아다녔다.
예고도 없이 흘러내린 눈물은 슬퍼서가 아니었다.
문득 이 시간, 이 공간을 거닐고 있음이 행복해서였다.

철 지난 바닷가 거닐기

바다가 말해주는 것들

정림

소설가 안정효의 《가을바다 사람들》을 보다가 마지막 구절에 마음이 쿵 내려앉았다. 남자가 배영으로 헤엄쳐서 달빛이 비치는 바닷속 깊이깊이 그렇게 끝없이 헤엄쳐 들어가는 구절이다.

'그는 그 바다에서 어떻게 되었을까?'라는 궁금증과 함께 배영으로 헤엄치고 싶다는 강렬한 욕구가 솟구쳤다. 다음날 당장 수영 강습을 신청했고 자유형에 이어 배영을 배웠다. 내친김에 평영에, 접영에, 다이빙까지 배웠는데 아직 해보지 못한 것이 있다. 배영으로 헤엄쳐 달빛의 조명을 받으며 바닷속 깊이깊이 들어가보는 것. 그것은 아직 해보지 못했다. 언젠가는 꼭 해보고 싶다는 꿈을 남겨둔 채 지금은 그저 바다 기슭을 거닐며 그가 헤엄쳐 세상 밖으로 사라진, 먼 수평선을 바라만 본다.

나는 여름 바다보다 가을이나 겨울 바다를 좋아한다. 철 지난 바다에 가면 비로소 바다가 보이기 시작한다. 여름에는 사람에 가려 보이지 않지만 겨울에 가면 바다의 숨결을 느낄 수 있다. 그리고 파도 앞에 서서 자신의 내면을 비춰볼 수 있다.

해안 도로를 따라 달리다가 양양의 하조대에서 내린다. 조선의 개국 공신인 하륜과 조준이 말년을 보낸 곳이어서 두 사람의 성을 따 하조대라고 했다던가. 가파른 돌계단을 올라가는 동안 눈이 시리게 푸른 바다를 본다. 하조대의 무인 등대, 그 하얀빛이 바다 빛깔에 투영되며 마음에 시리게 닿아온다. 그곳에 올라 바라보니 절벽과 기암괴석들이 그림처럼 펼쳐져 있다. 바위 위에 소나무 한 그루가 위태롭게, 그래서 더 아름답게 서 있다. 바다는 짙은 감색으로 물들어 있고, 구름은 끝없이 하얗고, 하늘은 선명하게 파랗고, 넓은 하늘로 갈매기 한 마리가 비행하고 있다.

바다는 하늘과 연애하는 듯하다. 하늘이 파랗고 맑으면 바다도 파랗고, 하늘이 석양에 물들면 바다 역시 볼을 붉히고, 하늘이 까만 밤이면 바다 역시 까맣게 하루의 불을 끄고…. 바다와 하늘은 서로 물들이는 연인 사이 같다.

하조대에서 내려와 카페에 들어선다. 얇은 돌을 얹어서 만든 너와 지붕의 찻집에 앉아 커피를 마시는데 오래전 가요들이 흘러나온다. 문득 약속을 해본다. 오랜 세월이 지난 후에 혹시 연락이 닿지 않는다면 이곳에서 다시 만나자는 약속을. 그러면서 문득 마음이 덜컹 내려앉는다. 정말 연락이 닿지 않는 순간이 올지도 모른다는 예감 때문에. 사람의 인연이란 이렇게 위태로운 것일까.

파도가 밀려왔다 스러지는 모래밭에 아무렇게나 주저앉아 하염없이 바다를 바라본다. 따뜻한 어깨를 빌려주었던 한 사람이 떠오른다. 그 사람과 흥얼거렸던 노랫소리가 들린다. 이제 먼 수평선처럼 멀어져버린 사람이다.

결국 우리가 쥘 수 있는 것은 아무것도 없이 빈손뿐이라는 것을 바다는 말해준다. 마음이 텅 빈다. 그러나 그때 우리 마음에 고여드는 것이 있다. 아주 천천히 마음을 채우는 그 이름, 그 장소가 희망을 불러다 준다. 그 희망은 하늘에 누군가 모닥불을 지핀 것처럼 석양이 타오를 때 마음에 등 하나를 달아준다. 그 등불은 따뜻하다. 밝다. 아름답다.

철 지난 바다에 가는 이유가 거기에 있다.
다 비우고, 그 자리에 새로운 것을 채우기 위해서다.

비 오는 날
공원 가기

비 오는 날 공원에 앉아

정
림

독일인들은 가장 아름다운 단어로 '그리움'이라는 뜻의
'Sehnsucht'를 꼽는다고 한다. 마음에 그리는 그림, 그리움.
비 오는 날에는 그리움이 더 깊어진다.

　나는 비 오거나 눈 오는 날, 그러니까 하늘에서 무엇인가
가 내리는 날을 좋아한다. 특히 창 안에서 비 오거나 눈 오
는 밖을 내다보는 것을 좋아한다. 그러나 언제부턴가 비 오
는 공원을 걷는 것이 참 행복하다. 집과 가까운 공원으로 나
가서 걸으면 나무 냄새가 비 냄새와 어우러져 코끝을 스친
다. 우산을 툭툭 치는 빗방울 소리는 먼 시간을 달려온 그리

운 이의 노크 소리처럼 들린다.

　신발 앞 끝이 다 젖을 정도로 걷다가 공원의 정자 같은 곳을 찾아 들어간다. 애니메이션 〈언어의 정원〉에서 여자는 비 오는 날이면 공원에서 초콜릿을 안주 삼아 캔맥주를 마신다. 어느 날인가는 도시락을 가져와서 먹는다.

　비 오는 날 공원에서 도시락을 먹는 일은 조만간 해보고 싶은 일로 남겨둔다. 내가 준비한 도시락을 열어 비 오는 공원을 보며 먹고 싶다. 잘 볶은 커피콩을 갈아 내린 원두커피도 보온병에 담아올 것이다.

　비 오는 날 공원에 앉아 있으면 먼 시간을 달려와 내 인연이 다가와줄까. 그래서 그 여자 주인공처럼 인사를 건넬 수 있을까.

틈나는 대로
숲을 찾아가기

내 인생의 숲

정
림

내 이름에는 나무 목(木) 자가 세 개나 들어 있다. 수풀 림(林)
자까지 들어 있으니 숲과 나는 이름부터 인연이 깊다. 그래
서일까. 나는 숲이 좋다. 사계절을 느끼기에 숲처럼 좋은 곳
이 또 있을까. 가장 정직하게 사계절을 받아들이는 곳이 숲
이다. 숲은 인생이기도 하다. 봄에는 꽃피고, 여름에는 울창
하고, 가을에는 물들고, 겨울에는 내려놓는다.

 일이 잘되지 않거나 인생이 잘 풀리지 않을 때는 숲으로
가서 걸어 다닌다. 인터넷 검색보다 숲의 사색을 택한다.
 빈틈없이 꼭 짜여 돌아가는 일상의 시간과 다투고, 나와

다른 관점을 가진 사람들의 생각과 다투고, 소란스러운 소음과 다투고, 각박한 세상과 다투고….

날카롭게 각이 섰던 마음의 모서리들을 둥글게 하려고 나는 숲으로 간다. 숲에 가면 마음의 각이 부드럽게 풀어져 내린다. 그래서 자유로운 마음의 여유가 생긴다.

나무와 꽃의 향기가 감도는 숲으로 가면 마음의 깜박이를 켜고 현실이 아닌, 다른 시간의 길로 들어서보고 싶어진다. 자유롭게 꿈의 공간으로 오르고 싶고, 먼 추억의 계단을 내려가고 싶어진다. 그리고 내가 사는 이 별에서 너무 멀기는 하지만 한때 사랑했던 사람이 사는 저 다른 별로 상상의 여행을 가고 싶어진다.

숲에서는 잠시 길을 잃어도 좋다. 걷고, 걷고 또 걷다 보면 숲은 또 하나의 길을 내놓는다. 숲은 자체 나침반을 소유하고 있다. 숲을 걷다 보면 마음에도 지도 하나가 놓인다. 어디서 길을 잃었을까, 어디서부터 길을 잘못 들어섰을까…. 숲을 걷다 보면 잘못 들어선 인생의 길이 보이고 복잡하게 엉킨 인생의 결이 정리가 된다. 숲에서 길을 잃어본 사람은 안다. 인생에서 길을 잃어도 언젠가는 헤어나올 수 있다는 사실을, 헤매고 다닌 그 시간에도 새는 노래하고 꽃은 피어난다는 사실을….

영화 〈카모메 식당〉에서 일본인들이 핀란드 청년에게 묻는다. 여기 사람들은 왜 이렇게 여유가 있냐고. 그러자 그 핀란드 청년이 "숲!"이라고 짧게 대답한다. 숲이라고. 숲이 그 이유라고.

나는 숲의 핀란드에 가고 싶다는 꿈을 가지고 있다. 핀란드의 숲속을, 그 치유의 숲을 한없이 걸어보고 싶다.

다음 여행지를 핀란드로 정해놓고 당장은 가까운 숲을 찾아가려고 한다. 서울만 해도 숲이 얼마나 많은가. 창덕궁 후원의 단풍나무 숲, 덕수궁 석조전의 은행나무 숲, 경복궁 향원지의 느티나무와 단풍나무 숲, 창경궁 춘당지의 버드나무와 느티나무 숲, 종묘의 참나무 숲도 걷기 좋다.

꼭 멀리 가지 않더라도 한두 시간 정도 달려가면 숲에 닿을 수 있다. 나무들을 보면 시력이 좋아지는 느낌이 들고 마음에 환하게 등불을 켜는 느낌을 받게 된다. 눈만 밝아지는 게 아니라 마음도 환해지고, 그저 바라보는 것만으로도 치유가 된다. 그래서 그럴까. '쉰다'는 의미의 한자 '휴(休)'를 보면 사람 인(人)에 나무 목(木) 자가 붙는다.

김지하의 시 〈새봄〉에서 "모든 것 공경스러워 눈 가늘어진다."라고 했다. 나무를 보면 눈이 가늘어진다. 눈이 부셔서 가늘게 떠야 하고, 너무 아름다워서 가늘게 떠야 하고, 자꾸자꾸 나무와 하늘을 보게 된다. 그래서 우주에 좀 더 가까워진다.

세상을 사는 일이 아무리 바쁘다지만 어쩌면 가장 중요하고 가장 급한 일이 숲으로 가는 일이 아닐까. 그래서 잘못 가고 있는 내 길을 제대로 걸어가야 하는 것은 아닐까.

숲은 치유의 다른 이름이다.

숲에는 빛이 있다.

그 빛을 찾아서 나는 숲으로 간다.

갈 것이다.

지금도 사랑합니다

아주 멋지게
키스하기

꿀키스를 위한 조건

정연

난 키스에 대한 환상이 있다. 키스는 꼭 사랑하는 사람과 하자. 지구에서 가장 사랑하는 단 한 사람. 바로 이 사람이다 싶을 때 나누는 가장 강렬한 대화인 키스.

키스는 지구를 전율시킬 정도로 매혹적이므로 99퍼센트 좋아하는 사람과는 하지 않으리라. 물론 때때로 그 마음이 바뀌다 보니 지구에서 가장 사랑하는 사람이 시기별로 바뀌기도 하지만 말이다.

영화 〈세상의 중심에서 사랑을 외치다〉의 무균실 키스,

영화 〈만추〉에서 남녀 주인공의 격렬한 2분 27초간 키스, 찰스 디킨슨의 소설을 영화화한 〈위대한 유산〉의 분수대 키스, 드라마 〈그 겨울, 바람이 분다〉의 솜사탕 키스, 드라마 〈도깨비〉의 메밀밭 키스. 심장이 쿵쾅거리고 설레는 이런 로맨틱 키스들이 주인공들만 해대는 그들의 전유물이 아니지 말이다. 나도 전율하는 짜릿한 키스의 순간들을 만끽해야 할 텐데 말이다.

그러나 내 첫 키스는 순조롭지 않았다. 툭하면 먹는 커피와 초콜릿이 원인이었다. 프랑스 철학자 장 폴 사르트르에 의하면 인생은 B(Birth)와 D(Death) 사이의 C(Choice)라는데 내 경우의 C는 커피(Coffee)와 초콜릿(Chocolate)이다. 그 정도로 늘 커피와 초콜릿을 끼고 살았다. 어떤 때는 커피잔과 초콜릿을 껴안고 먹다가 잠들어버리기도 했다. 그 결과 나에게는 충치라는 후유증이 왔다.

충치와 키스, 그게 무슨 상관인가 싶지만 입속의 상태에 몹시 민감하게 된다. 그게 바로 첫 키스에서 오류로 작동하고 만 것이다. 20대 중반에 뒤늦게 시작한 강렬한 첫 연애에서 그가 나를 휘어잡으며 마치 레트 버틀러가 스칼렛 오하라에게 퍼부은 키스 직전의 몸짓처럼 내 허리를 꺾고 내 볼을 감싸고 키스하려고 했다. 그러나 그 순간 생각난 내 충치! 게다가 그날 술안주로 먹은 노가리가 생각났다. 힘껏 그를 밀쳤고 그는 예상외의 반격에 힘없이 뒤로 물러섰다. 그가 말했다. "왜… 내가 싫어?", "아니. 좋은데 근데 지금은 아닌 거 같아서."

그때부터 내 고민이 시작되었다. 가수 조용필의 노래 〈슬픈 베아트리체〉에 나오는 "그대 붉은 입술 다가와 화살처럼 스친 입맞춤 나의 넋을 앗아가버린 상처 되어 남아 있는데" 이 정도의 키스는 해봐야 할 텐데….

데이트를 하는 날은 맛있는 것을 먹게 되어 있고 그 후 술까지 한 잔 하는데 안주까지 집어먹었으면 잠시 후 있을 스킨십에 입속이 걱정되기도 한다.

그래서 내가 알아낸 기가 막힌 방법이 있다. 키스하는 날, 입속을 상쾌하게 하고 싶다면 토마토를 먹기! 토마토는 입속 냄새를 없애주고 오랫동안 입속에서 상큼한 향이 나게 해준다. 방송 프로그램 〈비타민〉에서 조사했는데 양치질한 것보다, 껌을 씹은 것보다 토마토를 먹은 것이 가장 입 냄새를 나지 않게 하는 것으로 드러났고, 입속의 개운한 향이 오래가게 하는 것으로도 토마토가 최고였다. 이 정도면 토마토는 신의 선물이 아닐까. 게다가 계절과 상관없이 아무 때나 먹을 수 있으니 이 또한 행운이다. 토마토를 재배하는 농가들에게 고마움을 전한다. 어느 날부터인가 입 냄새 걱정 없이, 충치 걱정 없이 키스의 달콤함에 빠져들게 되었다.

뭐니 뭐니 해도 가장 짜릿하고 환상적인 키스는 여행지에서 개와 늑대의 시간이라 일컫는 어슴푸레한 시간에 나누는 '개늑시' 키스가 아닐까 싶다. 프랑스어로 'L'heure entre chien et loup(개와 늑대의 시간)'의 낮도 밤도 아닌 애매모호한 시간의 경계.

날이 어둑어둑해지고 세상 만물의 윤곽이 희미해지는 시간에 그와 행복한 키스를 나누는 것. 멋진 시간과 공간이 모두 존재하는 곳에서 강렬한 키스를 나누리라.

추억은 가도 키스는 남는다.

연필로
러브레터 쓰기

빨간 우체통에
러브레터를

정림

사랑의 노래를 듣거나 사랑의 시를 읽을 때, 멜로 영화나 드라마를 볼 때 가끔 생각한다. 내 지난날의 사랑을, 그리고 그 순간의 그 사람을.

　누구에게나 화려한 연애까지는 아니더라도 가슴속의 사건으로 분류될 만한 연애 사건이 몇 개쯤 있지 않을까. 불이 들어오기도 전에 필라멘트가 사정없이 끊어져버려 폐기 처분이 된 미완의 짝사랑도 있고, 가슴앓이하며 그리워했으나 무슨 일에선지 멀어져간 사랑도 있고, 차갑게 돌아서버린 사랑도 있고, 놓쳐버린 사랑도 있을 것이다.

왜 헤어졌는지 알 수 없는 사랑도 있다. 그 이유에 대해
시인 최영미는 시 〈사랑의 시차〉에서 단언했다.

내가 밤일 때 그는 낮이었다.
그가 낮일 때 나는 캄캄한 밤이었다.
그것이 우리 죄의 전부였지.

사랑의 이별은 그렇게, 인생의 시차가 원인인 경우가 많
다. 그런 후에 계절이 바뀔 때마다 갑작스런 통증처럼, 급습
하는 위경련처럼 마음의 비무장 지대에 들어와 들쑤시고 헤
집어놓는다.
한쪽 손을 가슴에 쥐고 욱신거리는 통증의 원인을 궁금해
하다가 아, 사랑… 언젠가 뒷모습을 봐야 했던, 보여야 했던
그 사랑… 그게 원인이구나 싶을 때가 있다.

우리의 인연은 헤어지고 난 후에야 분류가 된다. 빛바랜
사진처럼 그저 추억 한 장이 되어버리는 인연, 찢어버린 사
진처럼 추억조차 남기고 싶지 않은 인연, 컬러가 생생한 사
진처럼 바로 어제 만난 듯 여겨지는 인연, 그리고 가슴속에
언제나 살아 있어서 차마 사진이 되지 못하고 언제나 현실
인 인연.

사랑의 시작은 분명히 인생의 아름다운 사건이지만 그러나 사랑의 끝은 인생이 다하는 날까지 도무지 기록이 되지 않는다. 끝났다고 하지만 가슴속에서는 끝날 수가 없기 때문에.

　헤어지고 난 후에도 그리움이 고이는 인연은 머릿속에 벌레 서너 마리 기어 다니는 느낌으로 또는 가슴 한구석 욱신거리는 통증으로 삶의 발자국마다 따라다닌다. 밤에 키운 생각들이 아침이면 햇살에 속절없이 아프다.

　제목은 생각나지 않지만 죽음을 앞둔 주인공이 그동안 헤어진 연인들을 찾아가 만나는 영화를 기억한다.
　그 대신에 나는 그 사람에게 편지를 쓰고 싶다. 메일이나 문자는 싫다. 새하얀 종이에 손으로 쓰고 싶다. 만년필이나 볼펜이 아닌 연필로 쓰고 싶다.

　한 자 한 자 쓰면 거기 꽃잎이 수놓일 것이다. 우산 없이 기다리던 날의 빗방울이 수놓일 것이다. 첫눈 오는 날의 약속처럼 눈송이가 수놓일 것이다. 같이 걷던 날의 낙엽이 수놓일 것이다. 놓인 수가 마음에 안 들면 지우개로 지우겠다. 지운 흔적이 스민 글자는 져버린 꽃잎의 흔적 같을까.

그때 나는 사막에서 길을 잃고 있었다고. 그래서 당신에게 갈 수 없었다고 고백하겠다.

그렇게 쓴 편지를 나는 빨간 우체통으로 걸어가 그 안에 넣겠다.

그러나 주소는 적지 않겠다.

그 사람이 있는 하늘나라의 주소를 나는 알지 못하기에…

첫눈 오는 날
만나자는 약속하기

눈 내리는 창밖을 보며
삶의 마지막을 맞아도 좋으리

정림

민감한 느낌, 천진한 생각, 진지한 열정…. 이 세 가지가 즐거운 생의 방법이라고 한다. 어느 날 나는 천진함을 잃어버렸다. 잃어버린 줄도 모르고 지내다가 어느 날 문득 내 가슴이 설레지 않음을 알게 되었다. 설레지 않는 가슴으로 살아간다는 것은 눈빛에 별을 담지 않는다는 것이고 더는 일상이 반짝거리지 않는다는 것이다. 천진함을 잃어버렸고 그래서 이제는 설레지 않고 그러니 더는 행복하지 못함을 안 순간 나는 내 인생의 반짝이던 때, 그 설렘의 순간을 호출해보기로 했다.

기억을 소환해보니 내 가슴속에 벤치가 놓였고 그 벤치에는 눈을 맞으며 누군가를 기다리던 소녀가 있다. 나는 그 소녀가 되어보고 싶다.

가장 그리운 사람을 많이 떠올리게 될 때를 물었더니 '첫눈이 내릴 때'라고 대답한 사람들이 가장 많았다고 한다.

눈이 내리면 현실적으로는 교통 체증이다, 뭐다, 불편한 점도 많다. 하지만 감성적으로는 기다려지는 것도 사실이다.

첫눈이 좋은 건 왜일까? 순백으로 쏟아지는 축복 같은 눈에 매혹되는 것은 어쩌면 일회성에 있지 않을까? 조금 있으면 녹아버리는 눈은 한시성의 삶을 사는 우리와 닮았다. 더구나 첫눈은 참 짧게 끝나버린다.

첫눈은 나를 부르는 그리운 이의 손짓처럼 허공을 가냘프게 휘젓는, 애달픈 모습을 보여준다. 그래서 겨울이 오기도 전에 첫눈 오는 날 만나자는 약속을 하는 것인지도 모른다.

언제 점심 먹자는 약속에서부터, 꼭 꿈을 이루겠다는 다짐에서부터 너를 영원히 사랑하겠다는 맹세까지 여러 약속이 있지만 그 중에 가장 허망한 약속, "첫눈 오는 날 만나자."라는 그 약속을 나는 건네볼 것이다.

다른 지역에 사는 사람끼리 첫눈 오는 날 만나자고 하면

엇갈릴 게 뻔한 약속이다. 그곳에는 눈이 오는데 여기서는 눈이 안 올 수도 있기 때문이다. 그렇게 불확실성과 무계획성의 "첫눈 오는 날 만나자."라는 약속은 어쩌면 그래서 더 매력이 있는 것인지도 모른다. 불안감과 허무함을 동반하고 있으니까.

나는 이제부터 생을 마감하는 순간까지 해마다 첫눈이 기다려지는 날이면 사랑하는 사람에게 그 약속을 건네보려고 한다. "첫눈 오는 날 만나자."

그리고 나는 첫눈이 내리면 설레는 마음으로 그를 기다릴 것이다. 공원에서, 기찻길에서, 카페에서….

어느 해인가는 이렇게 약속할 수도 있겠지. "내가 있는 병실로 찾아와줘."

사랑하는 사람과 병실 창밖으로 내리는 눈을 보며 생의 마지막 순간을 맞이하는 것도 좋겠다.

첫눈 오는 날 만나자는 약속, 그 약속의 상대는 누가 될까? 그 상대의 조건 중에 다른 것은 몰라도 이 한 가지는 분명하다. 첫눈 오는 날 만나자는 내 약속을 비웃지 않는 사람. 그러니까 그 역시 바보같이 순진한 사람이다.

Part
08

여전히 안녕하신가요

성산 일출봉에 누워
하늘 쳐다보기

하늘에 대고 외친다

정연

어느 가을날 논산훈련소에서 있었던 일이다. 훈련병들이 포복하고 있는데 교관이 갑자기 "지금 모두 하늘을 쳐다본다! 실시!"라고 외쳤다.

훈련병들은 등으로 땅을 기다가 멈추고 드러누운 채 하늘을 쳐다보았다. 너무 맑아서 파란 지중해빛 하늘이 펼쳐져 있었다. 어디선가 흐느끼는 작은 소리가 들리고 어떤 훈련병의 눈에서는 뜨거운 눈물이 흘렀다. C는 그날 그 하늘을 잊을 수 없다고 한다.

이렇게 누구에게나 이렇게 잊을 수 없는 하늘이 있을 것 같다. 아직 없다면 매우 평온하게 살아온 것이리라. 난 성산 포 일출봉 언덕에 드러누워서 본 하늘을 잊을 수 없다.

아버지께서 갑자기 돌아가시고 나서 혼자 남은 어머니를 뵈러 고향인 제주도 표선에 자주 갔는데 집에 아버지께서 안 계신 것이 믿을 수 없었다. 가족끼리 언젠가는 헤어진다 는 이 천형 같은 이별이 가혹하고 언젠가는 우리도 이별해 야 한다는 공포와 두려움이 엄습하면서 내 앞에 놓인 360도 가 가망이 없고 부질없어 보였다.

사진첩을 보는데 아버지와 같이 성산 일출봉에 오르던 사 진이 나왔다. 엊그제 같은데 이제 아버지는 옆에서 보지 못 하는구나. 이럴 줄 알았으면 아버지께 고맙다고 말할 것을. 사랑을 표현할 것을. 그 이야기도 못 한 채 아버지를 떠나보 내다니.

그날 바로 아버지와 전복죽을 먹었던 추억이 있는 성산포 로 갔다. 일출봉 최고봉에 이르렀고 풀밭으로 된 언덕에 앉 아 있다가 어느 순간 벌러덩 드러누웠다.

하늘이 파노라마처럼 내 공중에 확 펼쳐졌다. 드러누워 멍하니 하늘을 보다가 내 눈물을 내가 먹을 뻔했다. 왜 울었는지도 모르겠다. 그리고 한참을 더 하늘을 보았다. 하늘은 평화로웠다. 하늘은 확 트인 도화지였다. 처음에는 비릿한 슬픔이다가 아스라한 그리움으로 확장되었다. 시인 박두진도 하늘이 내게로 온다고 하지 않았던가.

"아버지, 그곳은 어떤가요? 아버지, 잘 계신 거죠?" 나도 모르게 외쳤다. 눈물이 흘러내렸다. 마음이 이상하게 맑아지며 어떤 샘물이 내 가슴속으로 넘치도록 흘러드는 느낌이었다.

그렇게 한참 상념의 바다를 헤엄치다가 고개를 옆으로 돌려 밑쪽을 보니 그림 같은 신양해수욕장이 펼쳐져 있었다. 던져놓은 넥타이처럼 해안선이 곡선을 그리고 있었다. 일출봉은 원래 섬이었으나 신양해수욕장 쪽의 모래와 자갈이 밀려들어 육지로 연결되었다는데 모래와 파도가 밀고 당기고 있었다.

해가 뉘엿뉘엿 저물자 내려와서는 전복죽을 먹었다. 요즘 유행하는 혼밥의 즐거움을 그때 누렸다.

성산 일출봉에서 하늘을 실컷 보고 내려온 그날 하늘의 기운을 받은 걸까. 뭔가 정리되는 기분이었고 살아볼 만한 인생으로 느낌표가 마음에 켜켜이 쌓였다. 하늘은 정말 처다보는 것만으로도 치유력이 있나 보다.

삶이 팍팍하고 내 앞에 놓인 360도가 다 헛헛하게 느껴질 때 성산 일출봉으로 가서 하늘을 보자. 무념무상이라도 좋다. 내 시선이 하늘에 닿는 순간 우주의 에너지도 나에게로 와서 완전히 충전이 된다. 언덕에서 하늘보고 내려와서는 전복죽을 한 톨 남김없이 다 먹자.

날씨가 황홀하도록 좋아서 손가락으로 찌르면 잉크물이 뚝 떨어질 것 같은 푸른 하늘. 그 안에 흰 구름을 가득 품어준다면 최고의 날이겠지. 날씨가 궂어서 비구름만 잔뜩 끼었다면 그 또한 일출봉의 다른 모습을 감상하는 또 다른 최고의 날이다.

가끔, 아니 종종 하늘을 보자.

그리움을 달래기 위해서.

삶의 멀미를 달래기 위해서.

사랑한다고 고백하기

낮은 자리에 서서
맑은 마음으로 터지는 고백

정림

영화나 드라마를 찍을 때 엔지(NG)가 나면 "죄송합니다. 다시 할게요."라고 말한다. 그러면 다시 찍을 수 있다. 그런데 우리 사는 일이 어디 그런가? 어제가 마음에 안 든다고 해서 "죄송합니다. 어제를 다시 살아볼게요!"라고 할 수는 없다. 특히 사람을 사랑하는 일에 대해서는 엔지가 있는 영화가 부러울 수밖에 없다. 만일 인생에도 엔지가 있다면 나는 아버지께서 돌아가시기 전의 상황으로 돌아가고 싶다. 그래서 아버지께 "사랑합니다!"라는 고백을 수천 번 하고 싶다.

나는 아버지께 고백을 한 적이 한 번도 없다. "사랑합니다.", "존경합니다."라는 말을 입 밖에 내서 표현한 적이 없다. 아버지를 원망하는 순간도 있었다. 그러나 그 감정조차 숨기고 말하지 않았다. 그저 마음속으로만 아버지를 사랑했고 존경했고 원망했다.

그런데 아버지께서 갑자기 돌아가시고 말았다. 아버지께서 위독하다는 연락을 받고 간 후에는 그 어떤 대화도 나눌 수 없었다. 산소 호흡기를 쓰고 의식이 없는 상태였기 때문이다. 그제야 "사랑합니다, 아버지.", "존경합니다, 아버지."라고 고백해도 소용이 없었다. 고작 감기 때문에 갑작스럽게 저 세상으로 떠나신 아버지. 아버지의 산소 앞에서 나는 뼈저리게 느꼈다. 우리에게 내일은 없다는 사실을, 고백의 적기는 바로 지금이라는 사실을. 원망한다면, 미워한다면 그 감정을 풀고 서로 용서하는 시간 역시 바로 지금이 적기라는 사실을 말이다. 그 후 어머니에게는 고백을 넘치게 했다. "사랑합니다."라는 고백은 해도 해도 넘침이 없었다.

뮤지컬 〈노트르담 드 파리〉에서 신부는 에스메랄다에게 "당신을 알기 전에는 행복했다. 그러나 당신을 알고 나서 난 행복할 수 없었다."라고 고백한다. 그리고 가슴을 찢고 핏빛 고통이 터져 나오듯 그는 아주 길게 "쥬… 뗌… 므…"

라고 절규한다.

그 고백을 차마 하지 못해 참고 참다가 작정하지 않았는데, 그럴 생각도 아니었는데, 그냥 둑이 터지듯 자기도 모르게 터져 나오는 고백, 그런 게 진짜 고백이 아닐까.

마치 온몸의 내장이 밖으로 빠져나오듯 절절하고 처절하게, 참다 참다 더는 맘에 머물지 못하고 그만 튀어나와버린 고백. 그런 고백은 마음을 다 내줬을 때야 가능할 것이다.

재고 따지고 계산하는 습성이 내 사랑에는 과연 없었을까. 사랑한다는 고백조차 그저 수동적으로 또는 의무적으로 해왔던 건 아닐까. "사랑합니다."라고 고백하기 위해서라도 나는 아이처럼 더 순수해져야 한다.

맑고 낮은 마음으로 나는 고백하겠다. 당신을 사랑한다고, 당신을 용서한다고, 당신에게 미안하다고, 당신이 정말 많이 그립다고. 미워하면 미워한다고, 왜 미워하냐면 그래서 미워한다고, 그래서 원망스럽다고 고백하겠다.

그러기 위해 마음의 문에 걸어두었던 빗장을 풀겠다. 마음에 꼭 쥐고 놓지 않았던 저울이나 자 따위는 멀리 던져버리겠다. 과거는 지나버린 히스토리, 미래는 알 수 없는 미스

터리. 어제나 내일 일은 이 순간을 위해 멀찍이 밀어두겠다. 멋진 언어를 준비하기보다 마음이 시키는 언어로 아직 말하지 못한 고백을 서둘러 하겠다.

릴케는 "남자의 순수한 사랑을 경험한 여자는 평생 고독을 느끼지 않는다."라는 말을 했다.

내가 당신을 사랑한다는 고백으로 그의 가슴을 행복하게 하겠다. 내가 당신을 용서한다는 고백으로 그의 발길을 가볍게 하겠다.

고백할 시간에는 미룰 이유도, 여유도 없다. 이 순간 가장 서둘러야 할 것은 바로 그 사람을 향한 '고백'이다.

아버지께
산문 읽어드리기

아버지와
함께 하는 시간

정
림

어머니께서 돌아가시기 전에 언니와 나는 어머니께 시를 읽어드리는 시간을 종종 가졌다. 어머니께 처음 시를 읽어드리게 된 것은 어느 날부터다.

시인 시바타 도요의 《약해지지 마》라는 시집을 갖고 가서 읽어드렸다. "이 시를 쓴 시인은 백 살이 넘었어요. 이 시인에 비하면 엄만 새댁이에요."라고 말하며 시를 읽어드리니까 어머니께서 참 좋아하셨다.

그날부터 어머니를 만나면 언제나 시를 읽어드렸다. 그 시에 대한 짧막한 설명과 함께 옛날 일도 회상하고, 사랑도 표현하고, 아버지 이야기도 해드리면 어머니는 참 행복해하셨다.

우리가 어렸을 적에 어머니께서 동화책을 읽어주셨듯이 이제 아이가 되어버린 어머니께 우리는 시를 읽어드렸다. 어린 시절의 나는 판타지가 있는 동화가 좋았다. 그러나 인생을 관조하는 연세의 어머니는 시구 하나하나에 삶의 순간들을 대입하며 시를 읽어드리는 동안 미소를 짓고 눈물도 지으셨다. 시를 읽어드리면 "아, 좋다, 좋다, 참 좋다."라고 말씀하셨다.

시를 읽어드릴 때 언니는 애교를 많이 부렸다. "강지하 여사님, 오늘 시는 어떠셨나요?"라고 애교 떨며 물으면 어머니는 웃으시며 "참 좋다."라고 늘 대답해주셨다. 어떤 때는 시를 듣다가 우시고, 어떤 때는 소리 내서 웃으셨다. 우리에게는 어머니의 미소와 눈물이 모두 소중했다.

연인에게만 시로 고백하는 게 아니다. 어머니께도 얼마든지 시어를 빌려 고백할 수 있다. 어머니를 사랑하는 마음을, "어머니 인생은 훌륭했어요."라는 위안을 전할 수 있다.
어머니께서 돌아가신 후 가장 잘한 일을 꼽으라면 어머니께 시를 읽어드리고 같이 노래를 부른 일이다.

그런 일을 아버지와는 하지 못했다. 건강하고 정정하던 아버지는 가을 낙엽처럼 홀연히 우리 곁을 떠나셨다. 감기로 갑자기 돌아가셨는데, 아버지 살아생전에 함께한 시간이 너무 없었다. "사랑합니다."라는 고백도 돌아가신 후에야 목 놓아 부르짖었고, "존경합니다."라는 고백도 돌아가신 후에야 산소에 가서 전했다.

아버지께서 살아서 돌아오신다면, 그 시간을 일주일만이라도 하늘이 허락해준다면 나는 아버지 옆에 앉아서 산문을 읽어드리고 싶다.

아버지는 언젠가 나한테 차 한 잔을 내오라고 하셨다. 찻잔에 차를 가득 담아드렸더니 아버지는 "찻잔에 차는 가득 담는 것보다 절반 정도 담는 게 좋다."라고 말씀하셨다. 아버지의 그 말씀은 노자의 《도덕경》에도 나온다.

적당히 채워라. 지나치게 채우려고 하면 넘칠 것이
요. 칼은 쓸 수 있을 만큼 날카로우면 되는 거지, 예
리하게 갈고자 하면 쉽게 부러지고 만다.

차를 마실 때는 찻잔의 절반도 못 되게 물을 채우라고, 그래야 차가 제 맛을 낸다는 아버지 생각이 《도덕경》에 담겨 있다.

아버지께 그런 옛글들을 찾아서 읽어드리면 얼마나 좋아하셨을까. 그 일을 하지 못한 것을 나는 후회한다. 내가 미처 하지 못한 그 일을 다른 사람들이 해주기를 바라는 마음으로 세상의 아버지께 읽어드릴 산문을 언니와 함께 고르고 있다.

어느 날 아침에는 《장자》 중에서 한 구절을 보다가 눈시울이 뜨거워졌다.

> 나무는 다 타고 없어도 그 불씨는 끊어지지 않는
> 다. 형태는 소멸해 없어져도 정신은 살아남아서 없
> 어지지 않는다.

나뭇잎이 다 지고 없다고 해서 나무가 아닐까. 잎사귀가 무성해도 나무이고 잎이 다 져버려도 나무는 나무다. 어버이가 세상을 떠났다고 해서 어버이의 존재가 없어지는 것일까. 살아생전에 주신 사랑은 더 뜨겁게 우리 가슴속에 남아 있다.

아버지 산소에 다정히 기대앉아 내가 고른 산문을 하나씩 자근자근 읽어드릴 것이다. 그 산문에 얽힌 인생의 단상을, 그리고 아버지와의 추억을 나눌 것이다. 그때 그 시간 아버지께서 계셔서 정말 든든했다고, 산문의 글귀처럼 잘 걸어갈 테니 이제 자식 걱정은 마시라고, 이제는 한숨 대신 미소를 지으시라고 전해드릴 것이다.

어머니를 업고
걸어가기

내 평생 못 해봐서
가장 아쉬운 한 가지

정
림

어린 시절 어머니 등에 업혀 걸어가던 날이 있었다. 포근하고 향기롭고 허공에 둥둥 뜬 것 같았다. 어머니 등에 업혀서 걸어가면 사르르 봄날 같은 잠이 내렸고 어디선가 꽃향기가 났다.

행복의 가장 적절한 의미는 어머니 등에 업혀 집으로 돌아가는, 그 기분이 아닐까. 나른하고 부드럽고 향기롭고 따사로운….

잠에서 깨어났지만 어머니 등에서 내리기 싫어서 그 순간이 오래오래, 아니 영원했으면 싶어서 어머니께서 "집에 다

왔다."라고 말씀하셔서도 계속 잠든 척했다.

그렇게 어머니 등에 업혀 걸어가던 시간은 내 영혼에 꽃잎 문신이 되어 박혀 있는데, 내 마음에 행복의 의미로 저장되어 있는데, 그런데 나는 왜 어머니를 업어드리지 못했을까.

어머니를 업고 몇 걸음이라도 걸어가지 못한 것을 나는 후회한다.

아버지께서 갑자기 돌아가신 후 어머니와의 시간이 갑자기 바빠졌다. 작별의 시간이 언제 올지 모른다는 다급함으로 "사랑합니다."라는 고백을 수없이 했고, 수없이 안아드렸고, 수없이 손을 잡고 볼을 비볐다. "아, 예뻐라." 하며 얼굴에 로션을 발라드리고 발을 씻겨드리고 발 마사지도 해드렸다. 같이 노래도 불렀다. 같이 산책도 했다. 어머니께 시와 책을 읽어드리기도 했다. 어머니와 함께 할 수 있는 것은 원 없이 다 했다고 생각했다.

하지만 어머니께서 돌아가신 후에 어머니와 못 해본 것이 참 많다는 것을 깨달았다. 함께 먼 곳으로 여행을 떠나지 못했다. 함께 극장에서 영화 보는 것을 하지 못했다. 김밥을 싸서 소풍 나가 돗자리를 깔고 앉아 하늘 보는 것을 하지 못했다.

어머니와 못 해본 것을 꼽다 보면 아쉬워서, 안타까워서,

가슴이 찢어질 듯 아프다. 어머니께서 나에게 해주신 것들의 반의반이라도 해드리지 못했을까. 왜….

마음만 먹으면 아주 쉬운 일도 있었다. 왜 어머니를 업고 걸어갈 생각을 하지 못했을까.

신께서 나에게 어머니와의 시간을 잠시라도 허락한다면 나는 어머니를 업어드릴 것이다. 어부바, 하며 내 앞에 등을 대고 앉던 어머니처럼 어머니 앞에 등을 대고 앉아 어서 업히라고 할 것이다. 그리고 가랑잎처럼 가벼운 어머니를 업고 산책할 것이다.

어머니는 꽃보다 꽃이 진 자리에 피어나는 연두잎이 더 예쁘다고 하셨다. 그 연두꽃이 피는 계절, 어머니를 업고 꽃 그늘 아래를 걸어가겠다. 꽃향기에 행복해진 어머니는 잠이 들 것이다. 어쩌면 어린 날의 나처럼 잠에서 깨어나도 잠든 척하실 것이다. "됐다. 이제 그만 내려줘."라고 말씀하셔도 나는 내려드리지 않을 것이다. "제 등에서 한 숨 주무세요."라고 말하고는 어머니를 업고 동네 한 바퀴를 천천히 돌아볼 것이다.

아, 어머니께서 살아계신다면 어머니를 업고 일곱 걸음이라도 걸어볼 것이다.

제주도에서
노년 예행연습 하기

노인 코스프레 하기

정연

느닷없는 30년은 어느 날 갑자기 찾아온다. 어느 날 갑자기 서른이 왔듯이, 아니 그보다 더 느닷없이 노년이 찾아온다. 엔딩은 더 불쑥 찾아오는 법이다. 노후 30년, 예순부터 아흔까지 그 시기의 계획은 물론 염두도 두지 않았다. 노년은커녕 중년이 되리라는 예상도 못하고 살아왔다.

내 옷장 속의 미니스커트는 영원히 내가 입을 수 있을 줄 알았다. 내 10센티미터의 하이힐은 영원히 내 스타일이 되어줄 줄 알았다.

일본 시인 마사오카 시키는 "다다미 위에 해가 비쳤다. 밥이 왔다."라고 말했다. 여기서 밥은 죽음이라고 한다. 하지만 나에게는 그 다다미 위의 햇살이 느닷없는 중년이요, 언젠가 닥칠 노년으로 느껴진다. 중년이 쳐들어왔듯이 노년기도 돌연히 엄습해올 것이다.

예순부터 아흔까지 그 시기는 어떻게 살 것인가. 일주일간만 노년을 예행연습 해보는 것은 어떨까? 일명 노년 코스프레 하기! 요즘 유행인 '4도 3농'은 어떨까? 일주일 중에 4일은 도시에서, 3일은 농촌에서 사는 것이다. 내 노년은 한 달 중 3주는 농촌에서, 1주는 도시에서 살아보는 '3농 1도'는 어떨까 싶다.

서울에서 지내는 일주일 동안은 사람들을 만나고, 나머지는 제주도에서 자연과 지내는 것이다. 제주도를 내 삶의 토대로 삼아 공기 좋고 있을 것은 다 있는 제주도에서 보내는 것은 신나는 일이다. 제주도는 주위 자연이 모두 근사하니 굳이 집이 근사할 필요는 없다. 내 한 몸 뉠 공간과 함께 내 컴퓨터와 책 몇 권을 놓을 수 있는 작은 공간이 붙어 있으면 된다.

바다로 가면 바다 한가득 해초가 넘실대고 파도가 출렁댄다. 소라 잡고 보말 잡고 미역 따서 국 끓여 먹고, 톳도 따서 두부랑 무쳐 먹고, 산에 가면 봄에는 고사리, 여름에는 온갖 나물이 넘쳐나니 끼니를 걱정할 필요가 없다.

햇살에 샤워하니 자주 씻을 필요도 없다. 햇빛이 너무 눈부셔 하늘을 볼 수 없으니 선글라스는 필수다. 배고프면 한 끼 정도는 보리빵을 먹고, 한라산을 훑고 나온 시원한 물로 차를 끓여 마신다.

뉴스를 볼 필요가 없으니 세상이 편해 보이고, 나를 찾아온 벗들과 수다를 떠니 시간 가는 줄 모르고 세월이 흐른다.

내가 가장 좋아하는 가수 제이슨 므라즈처럼 생활할 것이다. 그는 채식주의자이면서 일회용을 쓰지 않고, 지구를 살리는 환경 실천주의자다. 그는 자기가 키운 채소를 먹고살고 태양열 에너지를 이용해서 음반을 녹음하고 재생 종이로 음반 케이스를 만드는 개념 있는 가수다. 나도 '개념 노인'으로 사는 것이다.

봄이 되면 고사리를 캐러 다닐 생각에 설렌다. "고마워요, 사랑해요, 이해해요."라고 읊조리면서 고사리를 따는 작은 오빠처럼 나도 그 흉내를 내면서 캐야겠다. 하루해가 저물면 정겨운 동네 사람들끼리 술잔을 높이 들고 누가 "고사리!" 하고 선창하면 "꺾어불게('꺽어버리자'의 제주도말)!"라고 외치며 보내는 시간도 좋겠다.

생활비는 전혀 걱정하지 않아도 된다. 카드를 긁을 일이 거의 없다. 오름을 보면서 오름을 소유하고 싶다는 생각은 안 하니까. 산을 바라보면서 한라산을 24개월 할부로 사고 싶다는 생각 따위는 하지 않을 테니까. 게다가 병원이 마을마다 있고 또 근접성도 좋으니 얼마나 안심되겠는가.

노년이니까 노화는 피할 수는 없을 것이다. 그래서 안 늙기(Anti-Aging)보다는 잘 늙기(Well-Aging), 조이 에이징(Joy-Aging)을 택하겠다. 그 배경이 제주도라니 참으로 근사하지 않는가.

내가 만든 음식 어때요?

커피
맛있게 끓이기

이 세상에서 믹스 커피를
제일 잘 끓이는 여자

정
림

나는 커피를 좋아한다. 나는 원고를 쓸 때 책상에 커피가 없으면 글이 안 나온다. 마시던 안 마시던 종일 커피잔에 커피가 담겨 있어야 마음이 놓이고 글이 나온다. 식사 후의 커피가 맛있어서 종종 커피를 맛있게 마시려고 밥을 먹는다. 그러고 보면 커피는 나에게는 후식이 아니라 주식인 셈이다.

라디오 방송 작가인 언니도 커피를 좋아하는 것으로 나와 쌍벽을 이룬다. 언니에게 누가 무슨 음료 좋아하냐고 물으니 "좋아하는 음료는 아메리카노, 다방 커피, 에스프레소, 카페 라테, 샷을 추가한 캐러멜 마키야토 등이에요."라고 대답한다.

언니와 함께 자취하던 시절 새벽잠이 없는 내가 언제나 먼저 깨어났는데 커피를 끓여 커피 향으로 언니를 깨웠다. 언니는 그 어떤 알람 소리에도 안 깨어났지만 커피를 끓여서 그 잔을 언니 코 주변에 대면 바로 일어났다. "와, 커피다!" 하면서. 언니에게 커피 향기는 요술 램프에서 피어나는 향기보다 더 매혹적이었던 것이다. 커피는 그렇게 언니에게 행복한 모닝콜이었다.

언니와 만나 커피숍에서 마신 커피 잔 수는 셀 수 없이 많다. 피곤할 때는 달콤한 캐러멜 마키야토에 샷을 추가해서 마시고, 배가 고픈 듯하면 카페 라테를 마시고, 비가 오면 에스프레소를 마시며 창밖을 봤다. 눈이 오는 창밖 풍경을 보면서 마셨던 죽음처럼 검고 진했던 커피도 잊을 수 없다.

계절에 따라 마시고 싶은 커피도 그 종류가 달라진다. 추운 겨울에 자판기 커피를 뽑아서 두 손으로 감싸 쥐면 커피는 손바닥 안의 작은 난로가 된다. 그러다가 봄이 되면 비엔나 커피를 자주 찾는다. 달콤한 커피를 마시면 입안에 솜사탕을 문 것처럼 달콤해진다. 한여름에는 온몸에 전율이 일 정도로 차가운 아이스 커피를 자주 마신다. 아이스 커피는 몸속의 에어컨이 되어서 시원하게 작동한다. 그러다가 가을이 되면 풍성한 거품이 있는 카푸치노를 자주 선택한다. 파란 하늘 아래서 마시는 카푸치노 한 잔은 추억을 마음으로 운반해주는 우편 배달부가 된다. 가을에 카푸치노를 주문하면서 이런 주문을 덧붙인다. 거품을 풍성하게 올리고 계피 가루도 듬뿍 넣어달라고.

커피 맛에 아주 민감한 편은 아니다. 그냥 커피 향을 내면 다 좋다. 그러나 나는 다른 사람에게 건네는 커피는 세상에서 가장 맛있게 만들어주고 싶다는 꿈이 있다. 그래서 커피 맛이 기가 막힌 동네 카페의 사장님에게 커피 잘 내리는 강의를 일주일에 한 번씩 두어 달 들은 적도 있다. 그때는 참 열심히 들었는데 지금 기억나는 것은 딱 한 가지다. 바로 커피는 시간이 중요하다. 천천히 내려야 하고, 천천히 물을 부어야 하고, 천천히 저어야 한다.

물을 끓여서 바로 부으면 커피 맛이 쓰게 된다. 물을 끓이고 나서 창밖을 한 번 보고 상념에 젖은 후에 물이 약간 식으면 천천히 손목을 돌려가며 물을 부어서 내려준다.

영화 〈카모메 식당〉에서 식당 주인이 "더 맛있는 커피 만드는 법을 알려드릴까요?"라는 말을 한다. 그리고 "커피를 넣고 뜨거운 물을 붓기 전에 그 안에 손가락 대고 주문을 외워요. 커피 루악, 그리고 걸러내면 맛있어요."라고 말을 잇는다. 뜨거운 물을 붓기 전에 시간이 필요하다는 말일 것이다.

　몇 해 전 집을 수리할 때 공사하는 사람들에게 커피를 타서 드렸다. 그런데 이렇게 맛있는 커피는 처음 먹어본다고 다들 좋아하셨다. 그 커피는 그냥 평범한 믹스 커피였는데 왜 맛있었을까. 그 비결 역시 시간에 있다. 그리고 커피를 되도록 많이 젓는다. 저을 때 심심하니까 사랑하는 사람의 이름을 쓰며 젓는다. '그리운 어머니'라고 쓰기도 하고, 어떤 때는 '신이여, 도와주소서.'라는 기도도 쓴다. '저분들이 건강하게 일 잘하게 해주소서.'라고도 쓴다.
　그렇게 저은 커피를 드리면 마시는 사람들의 표정이 하나같이 환해진다. 커피를 만드는 시간, 그것은 마음이고 정성이다. 급한 것에는 마음이 들어갈 여지가 없다.

　나폴레옹 보나파르트는 "내게 정신을 차리게 만드는 것은 진한 커피, 아주 진한 커피다. 커피는 내게 온기를 주고, 특이한 힘과 쾌락, 쾌락이 동반된 고통을 불러일으킨다."라고 말했다. 그의 말처럼 내 정신을 두드려 깨워주는 커피,

프랑스 작가 달테랑이 말한 "악마처럼 검고, 지옥처럼 뜨겁고, 천사처럼 깨끗하고, 사랑처럼 단" 커피, 그런 커피를 만들어 사랑하는 사람에게 건네주고 싶다.

언젠가 바리스타 자격증을 따고 싶다. 바리스타 자격증을 꺼내 보이며, 제대로 만들어 사랑하는 사람에게 커피를 건네고 싶다.

영화에 나오는
음식 만들어 먹기

먹으며 놀다 보니
우울이 달아났다

정
연

내 추억 속에 강렬한 기억 몇 조각, 그 안에 스폰지하우스가 있다. 2006년에 개관해서 10년간 운영된 예술 영화관이었다. 압구정에 있는 스폰지하우스를 '압폰지'라고 불렀으며, 종로에 있는 스폰지하우스를 '종폰지'라고 불렀고, 광화문에 있는 스폰지하우스를 '광폰지'라고 불렀다. 스폰지 온라인 카페도 예술 영화 팬들에게는 핫한 온라인 공간이었다. '폭설'이라는 닉네임으로 활동하면서 스폰지에서 상영한 영화는 거의 다 섭렵할 정도로 혼자 그곳을 들락거렸다.

바로 그 스폰지 온라인 카페에는 종종 번개 글이 올라왔다. 영화 속 장면을 추억으로 만들자는 번개들.

영화 〈카모메 식당〉에 대한 번개도 바로 그런 번개였다. 온라인에서 닉네임으로 부르고 얼굴도, 나이도 전혀 모르는 사람들이 오프라인에서 만나서 하루에 영화 속 음식을 해먹는 설레는 시간. '번개 파티'를 하려면 늘 장소 찾기가 먼저였다. 하루를 대여해주는 작은 카페나 식당을 알아보다가 그날은 장소 물색이 어려워서 우리 집에서 하게 되었다.

닉네임으로 신청을 했으니 남자인지, 여자인지, 몇 살인지 그 어떤 것도 알 수 없는 상황에서 하나둘 모여들었다. 우리 집으로 들어오는 분들을 보니 나 빼고 10명이 모두 20, 30대 미혼녀들이었다.

그렇게 시작한 카모메 파티. 만 원씩을 걷고 시장을 나눠서 보고 메뉴를 정했다. 〈카모메 식당〉에 나오는 주먹밥과 감자 조림을 요리하기로 했다.

커피를 끓일 때는 영화 속에서 나오는 주문, 손가락을 커피에 대고 "커피 루악!"이라고 외쳤다. 감자를 깎는 이힛 님. 당근과 버섯을 손보는 하루잉 님, 상을 닦고 접시를 정리하는 자유영혼 님, 요리책을 보며 조리하는 에스프레소 님…. 모두 각자 분담한 일을 하며 도란도란 영화 이야기를 나눴다.

그리고 모여앉아 주먹밥을 만들었다. 영화에서는 배경지인 핀란드인들이 좋아하는 가재, 청어, 순록고기를 주먹밥 속에 넣지만 결국 주먹밥과 어울리지 않아서 일본의 전통 요리 방식으로 속을 넣는데 우리는 우리 입맛에 맞게 해보았다. 멸치 조림이나 참치와 마요네즈를 버무린 것을 넣고 주먹밥을 만들었다. 모양은 영화에서 만든 것처럼 똑같이.

또 영화에서는 시나몬 롤이 나온다. 주먹밥만 만들어 파니까 파리만 날리던 식당이 시나몬 롤을 만들기 시작하자 그 향기에 홀려서 핀란드 할머니들이 들어오게 된다. 그리고 주먹밥까지 팔리게 된다. 그 장면이 인상적이었기에 시나몬 롤도 굽고 싶었지만 근처 카페에서 사다가 구색을 갖춰 커피와 같이 먹었다.

영화에서 사치에에게 미도리가 "왜 식당의 주요 메뉴를 오니기리로 한 것이죠?"라고 묻자 사치에가 대답한다. "엄마를 일찍 여의고 집안일은 다 제 몫이었는데 일 년에 딱 두 번(운동회와 소풍 때) 아버지께서 오니기리를 만들어주셨어요. 역시 주먹밥은 다른 사람이 만들어주는 게 훨씬 맛있더라고요. 물론 아버지께서 만든 주먹밥에는 계란 말이나 소시지같이 애들이 좋아하는 건 없고 연어, 매실, 말린 생선을 넣은 주먹밥이었지만, 그리고 크고 볼 품 없었지만, 그게 제일 맛있었어요."

역시 음식은 추억으로 먹는 것이다. 음악을 추억으로 듣듯이 말이다. 그날 참치와 마요네즈를 넣은 주먹밥을 서로에게 내밀면서 "이건 무슨 주먹밥이게요?", "참치 마요! 참지 마요! 참지 마요!", "참지 마요? 그래요. 우리 참지 말고 놀며 이렇게 먹으며 살아요."라고 유치하게 말을 주고받으며 놀았다.

영화를 보고 너무나 좋았다는 공감을 같이 나누는 순간들, 장면과 대사를 거의 외다시피 하는 사람들, 내가 좋아하는 것들을 같이 좋아하는 사람들과 소통하는 시간. 영화 〈카모메 식당〉을 보는 날도 치유가 되는 느낌을 받았지만 영화 속 요리를 해 먹은 그날은 마음을 무겁게 짓누르던 우울함이 싹 달아났다.

이제 스폰지하우스가 없어지고 추억만 남았지만 또 영화 속 요리를 해 먹는 번개 파티가 있다면 또 두근거리며 모든 일을 제치고 달려가리라.

나만의 요리 레시피
만들기

흰 나방이 날갯짓할 때
식사하러 오세요

정
연

십수 년 전 오스트레일리아에 방송하러 갔을 때의 일이다. 우리를 초대하고 싶다는 가족이 있어서 바쁜 일정 속에 잠시 그 집으로 갔다. '과연 어떤 식탁일까?'라고 나 혼자 상상의 나래를 폈다. '오스트레일리아는 악어 요리도 있다는데 악어 요리는 아니겠지? 악어 크림 파이도 있다는데 어떤 맛일까? 오스트레일리아는 워낙 캥거루가 유명하니까 식당에 캥거루 스테이크 메뉴도 있고 캥거루 육포도 많던데 그거 먹으면 잘 뛰려나?'

호기심을 가득 안고 간 그 집에서 우리는 키드니(kidney)

라는 음식을 맛볼 수 있었다. '키드니'는 말 그대로 콩팥 파이다. 양파와 소고기, 소의 콩팥을 파이에 끼워 구운 오스트레일리아의 요리인데 그 집 남자가 키드니 요리에 자신 있다며 만들어 내놓는 모습이 아주 근사하고 인상 깊었다.

새로운 음식을 먹어본다는 것은 설레는 일이다. 모든 감각은 뇌로 연결되어 있어서 늘 먹던 음식보다는 한 번도 먹어보지 못한 음식을 먹으면 뇌에 새로운 자극을 더해 머리를 좀 더 생생하게 만들어준다고 한다.

오래전 어떤 가수를 만나 인터뷰할 일이 있었다. 그런데 그 가수가 "혹시 시간 되세요? 시간 되시면 제가 샌드위치를 만들어드릴게요. 제 샌드위치 먹어보면 기절하실 걸요?"라고 예기치 못한 제안을 했다. 그렇게 해서 모두 그의 작업실로 갔다. 그는 중간에 조그만 동네 가게에 들르더니 장을 보고 나왔다.

그날 그 소박한 작업실에서 오후 3시의 햇살을 받으며 식빵과 햄과 계란과 치즈와 오이와 양파를 넣은 그의 샌드위치는 정말 맛있었고 그가 멋있어 보였다. 누군가를 위해 내 특별한 메뉴 레시피로 한 끼를 정성껏 차려준다는 것은 정말 감동적인 일이다.

주위를 보면 온통 다이어트 하느라 도통 먹지 않는 여자가 많다. 식욕이 곧 생의 의욕이던 시대는 지났는지 식욕을 절제하는 것이 생의 의지로 인정받는 건지 모르겠지만 그래도 남자가 만든 아침을 맛있게 먹는 여자가 난 좋다. 여자가 만든 아침을 맛있게 먹는 남자가 난 좋다. 다이어트는 혼자 있을 때 하는 '여우'가 되자. 남과 함께 있을 때는 맛있게 먹자. 특히 '님'과 함께 있을 때는 더 황홀하게 먹자.

가끔 나도 사람을 급히 초대할 때가 있다. 후다닥 주방에 들어가 밥통을 열어보면 밥이 누렇게 황달에 걸려 있고 3일간 체류 중이던 미역국이 사망했다고 해도 바로 주방을 식욕이 폴폴 나는 곳으로 만들 수 있다.

내가 자신 있는 요리는 김치 도리아다. 김치 볶음밥을 하고 그 위에 치즈를 솔솔 뿌려서 오븐에 10분 정도 구워내는 것. 오븐이 귀찮다면 렌즈에 살짝 돌려도 된다. 그러면 김치 볶음밥 위로 치즈가 녹아내려서 아주 맛있다.

좋은 사람을 초대해서 뚝딱 만들어주는 음식 몇 가지의 레시피는 인생의 레시피만큼이나 소중하다. 한두 가지 내가 자신 있게 할 수 있는 요리를 한다. 그리고 영화〈매디슨 카운티의 다리〉에서 여자 주인공이 윌리엄 버틀러 예이츠의 시를 인용해 "흰 나방이 날갯짓할 때 저녁 식사를 하고 싶으면 오세요."라는 메모를 로즈먼 다리에 붙여놓은 것처럼 바로 그 메모를 나도 문자로 보내야 겠다.

"흰 나방이 날갯짓할 때,
아니 흰 눈이 날갯짓할 때
우리 집에 오세요!
맛있는 거 해드릴게요."

Part
10

감성과 감각이 소장돼 있는 그곳

틈만 나면 도서관 가기

도서관 가는 길

정림

조선 후기 실학자 이덕무는 "나는 무엇을 할까? 책을 읽을 뿐이다."라고 말했다. 그는 햇빛이 들지 않는 작고 어두운 방에서 살아야 했는데 책을 읽고 싶어서 해가 비치는 방향을 따라가며 책을 읽었다고 한다.

그 시절에는 책 한 권이 얼마나 귀했겠는가. 그 책을 소중히 품에 품었다가 한 자 한 자 가느다란 햇빛에 비춰가며 읽었을 그의 모습을 상상해보니 읽고 싶은 책을 맘대로 읽을 수 있다는 사실이 그저 고맙기만 하다.

서점에서 사서 읽는 책의 맛이 있다면 도서관에서 책을

빌려 읽는 멋이 또 있다.

　어머니를 뵈러 고향 집에 갔을 때 언니와 양손에 어머니 손을 꼭 잡고 바닷가를 거닐었다. 그런데 눈앞에 참 예쁜 도서관이 보였다. 푸른 바다와 하얀 모래사장의 호위를 받으며 도서관으로 들어서는데 입구에 "오늘의 나를 있게 한 것은 우리 마을의 도서관이었다. −빌게이츠"라는 현수막이 걸려 있었다.

　어머니 팔짱을 끼고 로비에 들어서니 유럽의 어느 마을 도서관에 들어온 것처럼 분위기가 멋졌다. 책을 좋아하시는 어머니는 좋아서 어쩔 줄 모르셨다. 각자 원하는 책을 꺼내어서 읽는데 햇살이 반짝 비쳤다. 넓은 표선 백사장을 걷거나 해수욕을 하다가 지치면 수영복 위에 겉옷을 하나 걸치고 들어와서 책을 한 권 빌려 해변에 앉아 읽는 행복, 어디다 비교할까. 텐트나 2층 열람실에서 읽어도 좋다. 마침 언니의 동창이 도서관에 근무하고 있어서 반가운 인사를 나누고 오가와 요코의《박사가 사랑한 수식》이라는 책을 빌렸다. '표선 도서관'이라는 직인이 찍힌 책을 보는데 해풍이 묻어 있다가 한 장 한 장 넘겨주는 듯했다.

사랑하는 어머니 손을 잡고 도서관에 갔던 그 시간은, 그리고 도서관에서 빌려온 책을 어머니와 나란히 앉아 읽었던 그 시간은 그 어떤 것과도 바꾸고 싶지 않은 기억이다.

도서관에 얽힌 추억은 또 있다. 대학 시절 정독 도서관에 참 자주 다녔다. 돈이 없던 시절 데이트 비용을 절약하기에는 도서관이 최고였다. 각자 읽고 싶은 책을 빌려서 자리에 앉아 종일 책을 읽었다. 그러다가 지루하다 싶으면 자판기 커피를 뽑아 들고 뜰의 벤치에 앉아 이야기를 나누기도 하고, 서로 읽은 책에 대해 이야기를 나누기도 했다. 대하 소설은 거의 다 정독 도서관에서 빌려 읽었다. 어느 날 《토지》를 읽는데 책장을 넘기자 그 안에 "당신이 쓸 책의 제목은 무엇인가요?"라는 메모가 있었다.

대체 누가 써서 끼워둔 것일까? 그 메모가 꼭 나에게 준 신의 계시인 것 같아서 가슴이 마구 두근댔다. 책을 다 읽고는 그 메모를 그대로 거기에 두었다. 나 말고 또 누가 그 메모를 봤을까? 그 메모의 기를 받아 그들은 작가가 되지 않을까?

책을 다 읽고 노을이 뉘엿뉘엿 지는 길을 걸어 덕수궁 앞까지 걸어갔다. 그 젊은 날 왜 그렇게 고뇌는 많았을까. 100

년도 살지 못할 인생, 1,000년의 고뇌를 그때 다 한 듯하다. 그때 읽은 책들과 늘 나를 머물게 해준 도서관이 있었기에 난 견딜 수 있었고 성장하고 성숙할 수 있었다. 정독 도서관에는 지금도 가끔 가는데 건물도 예전 그대로, 휴게실도 예전 그대로, 화장실도 예전 그대로, 나무 벤치도 예전 그대로다. 도서관은 내 청춘의 다른 이름이다. 도서관 가는 길은 내 청춘의 추억을 낱낱이 소환해준다.

새 책을 내고 나면 종종 강연 요청을 받는데 도서관에서 해달라고 하면 먼 지방이라도 되도록 가는 편이다. 대전, 대구, 울산, 성남 등지의 도서관에 다녀왔다. 도서관 강연에서 만난 사람들에게는 책 향기가 난다.

나는 아직 가보지 못한 도서관이 참 많다. 가보지 않았다는 것은 앞으로 갈 수 있다는 희망이 있다는 것이다. 전국의 동네마다 도서관은 어떤 풍경 속에 있고 어떤 사람들이 그곳을 찾고 있을까?

나는 도서관을 다 찾아가고 싶다는 꿈이 있다. 그 도서관 가는 길의 정취와 도서관에서 만난 책, 도서관 가는 길에서 만난 사람들의 모습을 기록하고 싶다. 그 꿈은 곧 시작될 것이다.

나만의 은밀한 도서관 만들기

나 홀로 카페의 주인장

정연

주걸륜 감독의 영화 〈말할 수 없는 비밀〉에 대한 정보가 궁금한가. 그렇다면 바로 나는 나만의 도서관으로 향한다. 클릭 한 번으로 들어갈 수 있는 나만의 도서관.

내 도서관의 영화방에서 〈말할 수 없는 비밀〉을 검색하면 나오는 기록들. 원제는 〈Secret〉. 주걸륜이 각본을 쓰고, 감독하고, 주연하고, 음악까지 담당한 영화. 2008년에 스폰지 하우스 등에서 개봉해 사랑을 받았던 대만 영화.

나는 너를 사랑해! 너도 나를 사랑하니?

넌 피아노를 한 손으로 치는 걸 좋아하나 봐?

아니, 그래야지 네 손을 잡을 수 있잖아.

비밀 이야기 해줄까? 나… 직접 세어봤는데, 피아

노실에서 교실까지 딱 108걸음이야.

이런 대사를 비롯해서 모든 장면의 대사와 분위기가 묘사되어 있고, 영화 오에스티(OST)가 어떤 장면에서 흐르는지도 적혀 있다. 라디오 방송 작가는 꼭 필요한, 영화에 사용된 노래까지 적는다. 이게 바로 나만의 도서관에 저장된, 내가 쓴 영화 정보다.

이렇게 세세하고 섬세하게 적혀 있는 나만의 기록들이 가득한 나만의 도서관. 이용자는 딱 한 사람 송정연, 나밖에 없다.

이 도서관으로 말할 것 같으면 현재 책은 3,500권, 영화는 2,200편, 공연이나 전시도 수백 편이 저장되어 있다. 연예인에 대한 기록, 계절 느낌, 맛집에 대한 발자국 찍힌 정보도 그득그득하다. 이런 나만의 도서관은 내가 만든, 나 혼자 쓰는 나만의 온라인 카페다.

예전에 컴퓨터가 없던 시절 내가 본 책과 영화 기록까지 수첩에서 이곳으로 저장하다 보니 나날이 갈수록 풍요로워진다. 라디오 방송 작가 25년을 하면서 쌓아둔 자료이니 한

마디로 거대한 태산 같다. 원고 자료의 금광이요, 다이아몬드 광산 같다.

같이 일하는 이숙영 디제이는 생방송 중에 갑자기 원고를 써달라고 하는 경우가 있다. 그럴 경우 나는 손가락을 몇 번 두들겨 내 온라인 도서관으로 가서 바로 퍼온다. 나 혼자 속으로 "아니, 어떻게 그렇게 빨리?"라는 탄성을 지르며 나만의 도서관에서 자료를 퍼온다.

평소 메모들, 느낌들, 시의적인 감상들, 시사와 스포츠, 콩트, 유머가 다 있다. 여행지 정보뿐 아니라 오프닝과 클로징 자료도 있다. 바로바로 쓸 수 있는 멘트거리들도 준비해두었다. 가끔 컨디션이 안 좋거나 바쁜 일이 생겼을 때 얼마나 요긴한지 모른다. 든든한 내 배경이요, 보험 같은 나만의 온라인 도서관이다.

예전에 쓴 방송 원고도 다 저장해둔 나만의 글 곳간. 제주도에서는 곳간을 '고팡이'라고 한다. 그야말로 나만의 풍요로운 고팡이다.

'몇 년 전 그때 날씨가 어땠더라?'라는 궁금함이 생길 수 있는데 그러면 바로 그해 그달, 그 날짜 원고로 들어가면 다

나온다.

'꼼짝하지 마! 내 도서관에 다 있어!' 이런 든든한 마음이 드는 글감 창고다.

이렇게 내 도서관과 자료가 모두 온라인에 있으니 내가 거주하는 집은 점점 공간이 좁아도 될 듯하다. 아름다운 건축을 많이 지은 프랑스 건축가 르 코르뷔지에는 노후에 바닷가 마을에서 4평짜리 집을 짓고 부인과 잘 살았다고 한다. 나도 노년에는 집이 4평이면 될 듯하다. 내 수많은 장서와 세기의 작품들과 지나간 유행 같은 킬링 타임 영화까지 모두 온라인에 두었으니 바깥에 굳이 내놓아 공간을 넓힐 필요는 없다.

나만의 도서관은 매일 증축 중이다. 메뉴를 늘리고 그곳에 또 즐겁게 자료를 입주시킨다.

영화 〈그리스인 조르바〉에서 조르바가 상사에게 "대장, 당신은 한 가지만 빼고는 다 갖췄어요. 광기. 사람이라면 약간의 광기가 필요해요."라고 말한다.

내 광기는 바로 이 온라인 글 곳간에 쏟아붓는 시간에 발휘된다. 내가 쓰고 싶은 책에 대한 자료도 무수하다. 나는 영화를 봐도 바로바로 모든 장면을 기록하고 저장할 때 몰입한다. 객관적 기록들보다는 내 느낌이 동하는 순간들에 대한 기록들이다. 바람결, 향기, 햇살…. 이런 내 마음속 곳간에 저장되어 있던 느낌들까지.

나만의 도서관에 들어올 때 내 심장은 두근댄다. 얼른 원고를 쓰고 싶어서 집으로 뛰어들어갈 때도 있다. 온라인에 금화처럼 가득 쌓인 나만의 자료들을 보면 난 든든한 부자가 맞다. 집에 금송아지가 있어서 웃음이 나오는 사람도 있다는데 난 금광 같은 나만의 온라인 도서관이 있어서 혼자씩 웃는다.

같이 있을 때나 떨어져 있을 때나

고독과 친해지기

고독과 함께 하니
난 외톨이가 아니야

정림

우리는 왜 사랑을 갈구할까? 왜 사랑에 애타고 애끓을까?
외로워서다.

양말이 다른 한 짝을 찾아야 짝을 이루듯이, 기차 바퀴가
다른 한쪽을 달아야 균형을 이루듯이, 나사못이 다른 나사
못을 찾아야 아귀를 맞추듯이 완벽한 나를 이루기 위해 짝
을 찾아 헤맨다.

애타게 찾았으나 내 것이 아닐 때도 있다. 맞지 않는 짝은
더 나를 외롭게 한다. 서글픈 사랑에 한숨을 지으며 또 다른

반쪽을 찾아 헤맨다. 외로워서 채우려 하고 외로워서 덥히려 하다 보니 더 외롭고 더 목마르고 더 춥다.

세상의 외로운 사람들. 과연 고독하지 않은 사람도 있을까? 사랑을 간직한 사람이든, 사랑을 잃어버린 사람이든 사랑하는 사람이 고독한 건 마찬가지다. 나라의 독립을 열망하든, 하고 싶은 일을 열망하든 꿈꾸는 사람이 고독한 건 마찬가지다. 들키기 싫은 부끄러움이 있든, 차마 고백하지 못하는 마음이 있든 비밀이 있는 사람이 고독한 건 마찬가지다. 고독은 그렇게 살아온 날들의 수만큼 존재하는 것이다. 그래서 프랑스 작가 폴 발레리가 "연륜만큼 고독하다."라고 말했나 보다.

돌아가시기 전 오랜 세월을 홀로 외로움과 싸우신 어머니는 어느 날 딸을 걱정하셨다. 나중에 너도 이 외로움을 겪어야 할 생각하면 가슴이 아프다고.

어쩌면 가장 큰 인생 숙제는 고독과 친해지는 것이다. 내 고독과 친해질 수밖에, 혼자 있는 고독을 사랑할 수밖에 없는 것이다.

이집트 출신의 샹송 가수 조르주 무스타키는 〈나의 고독〉에서 "이제 난 외톨이가 아니야. 왜냐하면 고독이 나와 함께 있으니까."라고 노래한다.

혼자 있는 외로움을 말하는 단어, '고독'. 그런데 고독이 있기 때문에 나는 외톨이가 아니라는 노랫말은 의미심장하다. 고독을 친구 삼을 줄 아는 고독의 경지에 달하면 외로움도 더는 외로움이 아니겠지.

어린아이는 고독할 틈이 없다. 뛰어놀고 소리 지르고 장난치고…. 종일 외로울 시간이 없다. 그런데 어른이 되면서 고독한 시간이 늘어난다. 혼자 있는 시간도 점점 늘어나고, 타인들과 함께 있을 때에도 여지없이 고독은 침범한다.

나는 아직도 자꾸 내 고독을 타인에게로 떠넘기려 하는 자신을 발견한다. 어쩌면 이 세상에서 가장 미련한 욕망은 타인에게서 내 외로움을 보상받으려는 것이 아닐까.

나는 더 고독과 친해지고 싶다. 혼자의 시간 속에서 고독에게 배우고 싶다. 눈물 흘리는 법을, 사랑하는 법을 배우고 싶다.

고독 앞에서는 내가 보내버린 사람들이 떠오른다. 고독 앞에서는 내가 방치해버린 감정들이 떠오른다. 그래서 고독 앞에서는 겸손해지고, 고독 앞에서는 미운 것이 없다. 고독 앞에서는 다 고맙다. 그러므로 고독하다는 것은 사랑할 준비가 되어 있다는 뜻이다. 당신이 그립다는 뜻이고, 당신을 맞이할 준비가 되어 있다는 뜻이다.

혼자 있는 시간, 뼈를 파고드는 외로움, 그 고독을 즐기는 단계에 이르러야 사는 것에 대해 내공이 쌓이는 거겠지.

나중에 혼자 남겨진 채 처절한 고독과 싸워야 하는 나이에 이르렀을 때 나는 고독과 친구 할 것이다.
고독하기에 행복할 것이다.

섹시한
뇌섹녀 되기

그녀의 뇌 구조는
어떤 그림일까

정
연

어떤 여자들에게 남자들은 매력을 느낄까. 예전에는 첫 만남 때 남자들이 매력을 느끼는 여자의 차림새는 '조꼼예(조이너스, 꼼빠니아, 예츠)' 스타일이었다. 소위 여성스럽고 귀여운 원피스 정장으로 눈길을 끈 것이다.

외모를 치장하는 것으로만 남자의 마음을 꽁꽁 묶을 수 있다면 얼마나 좋을까. 외모로만 잴 수 있는 리즈 시절이라면 열흘 붉은 꽃이 없듯이 리즈 시절은 늘 과거가 될 수밖에 없다.

남자들 또한 그냥 비주얼만으로도 매력이 좔좔 넘치는 남자도 있다. 그냥 가만히 앉아 있어도 섹시함이 흐르는 남자. 말을 많이 안 해도, 웃지 않아도 그냥 사지를 휘두르며 다가가고 싶은 남자.

남들의 부러움을 살 만큼 첫눈에 반하게 만드는 섹시함이 흐르는 남자들. 자꾸 쳐다보고 싶은 외모를 갖춘 남자는 말을 많이 하지 않아도 여자들 눈에서는 꿀이 흐르고 입에서는 조청이 흐른다.

여자도 마찬가지다. 미의 여신은 은총 그 자체다. 그러나 어느 순간 그 눈동자에 추한 것을 발견하는 순간 미의 여신이 아니라 추의 여신이 되고 만다.

외모만 섹시하면 되는 줄 알지만 막상 인생이 흐르는 것을 보면 외모보다 더 강한 것은 매력이다. 화장법을 잘 아는 여자는 매력이 있지만 그렇다고 맨날 화장법을 알려주는 뷰티 영상만 집착해서 찾아보는 여자나 성형외과만 찾으면 '의느님'이 다 해주실 거라고 믿는 여자는 진정한 매력녀가 될 수 없다.

비주얼로 눈을 호강하게 해주는 외모 매력 남녀들. 그러나 그건 어디까지나 첫눈 이야기다. 그렇게 해서 만나고 난 후 환상이 깨지는 경우 많으니까. "말이 없어서 너무 신비

했는데⋯ 그런데 만나보니까 아니더라고. 아는 게 없어서 말을 안 한 거더라고."

열 번을 만나보니 '뇌없남', '뇌없녀'라나. 뇌가 없어 보이는 남녀. 아는 게 없는 것까지는 좋은데 알고 보니 열정도 없다. 첫눈에는 반했으나 '열눈'에는 멀어지고 싶은 사람이 있다.

두 번째, 세 번째, 열 번째 만나보면서 역시 뇌에 든 게 많은 남녀가 멋지게 느껴진다. '뇌섹녀'야말로 진정한 유혹녀.

영국 드라마 〈셜록〉에서 여자 주인공이 셜록에게 "Brainy is the new sexy."라는 말을 한다. "지성이라는 게 이젠 섹시함의 새로운 기준이 됐어."라는 뜻이다.

지성이라고 해서 꼭 공부를 많이 했다는 것이 아니라 '요섹남', '뇌섹남'처럼 요즘은 그냥 섹시한 게 아니라 어떤 것을 해서 섹시한 것이다. 그건 곧 그 무엇에 열정과 땀을 쏟았고 감정을 절제한 시간이 고여 있다는 의미다.

예전에는 '허우대'라고 말했던 비주얼만 멀쩡하고 '속세 먼지'로 찌든 남자나 여자는 같이 있는 시간이 너무나 아깝다. 읽은 것, 느끼는 것이 맹탕인 남자는 결코 데이트를 리드하지 못한다. 학벌만 번지르르하고 생각의 깊이는 없는 남자도 매력이 없다. 게임에만 온 정신을 쏟는 남자에게 매력녀가 곁을 오래 내주고 싶을까.

'뇌섹 남녀'의 조건은 첫째는 당당하고, 둘째는 창의적이고, 셋째는 탐구심이다. 당당한 사람은 상대의 애정을 인증하려 하지 않을 것이다. 존재감을 확인하고 싶은 게 인간의 심리지만 사람은 연인이 필요한 것이지 수사관을 옆에 늘 두고 싶진 않을 테니까.

혼자서도 잘 놀기!
자신이 스스로 행복을 찾을 줄 아는 사람!
그런 사랑이 당당한 사람이다.
일을 찾아서 하는 사람이 탐구적인 사람이고 지금의 삶 뒤에는 어떤 삶들이 찾아올지 상상할 수 있는 사람이 창의적인 사람이다. 반대로 고독을 참지 못하고 자기 시간과 자아를 아무렇게나 내던지는 여자는 민폐 캐릭터로 결국 비참해질 수밖에 없다.

죽을 때까지 '매생이(매력과 생기와 이해력을 잃지 않는)' 여자가 되고 싶다. 아침에 집을 나서면서도 거울을 보며 '매생이'라고 나에게 주문을 보낸다. 오늘도 설레는 하루를 나에게 주문한다.

봉사하기
차가운 세상의
따뜻한 다리가 되어

정림

술 만드는 사람에 대한 드라마를 기획하고 취재하려고 전라남도 지역을 여행할 때였다. 시골길의 공터를 지나는데 수많은 빨래가 빨랫줄에 걸려서 바람에 펄럭이고 있었다. 햇살 아래 반짝이는 빨래들의 풍경이 발길을 멈추게 했다. 작은 마을의 세탁소 하나. 그 세탁소는 아무나 손님이 될 수 없다. 고객의 조건이 까다롭다. 그 지역에서 홀로 사는 노인들이어야 하니까. 세탁기는 빨간색 대형 고무 대야. 물을 공급하는 수도꼭지 대신에 소방서의 소방차가 등장했다. 세탁소의 기술자들은 자격증이 없다. 자원봉사자들과 면사무소 직원들이 바로 이 세탁소를 운영하는 기술자들이었다. 하려던 취재는 놔두고 빨래하는 그들 속에 나도 모르게 스며들었다. 소방대원들이 소방차를 몇 차례나 운행하며 작업을 지원하는 동안 자원봉사자들은 부지런히 이불을 빨았다. 그렇게 깨끗이 세탁된 이불은 햇살에 따뜻하게 말려져서 홀몸 노인들에게 되돌아갔다. 아마도 이불에 묻은 먼지와 얼룩만이 아니라 외로움과 지난날의 상처까지 깨끗이 세탁되었을 것이다. 눅눅한 습기만이 아니라 슬픔과 아픔까지 햇살에 말끔하게 말려졌을 것이다.

한적한 마을의 공터에 빨간 고무 대야 속에 맨다리로 들어가 홀로 사는 노인들의 이불 빨래를 하는 사람들. 그 이불 빨래들이 널려서 따사로운 바람에 뽀송뽀송 말리는 풍경은 내 기억 속 귀퉁이에 머물러 있다가 순간순간 질척해지는 내 마음도 뽀송뽀송 말려준다.

돈이 있어야 남을 도울 수 있다는, 특별한 사람들만 나눌 수 있다는 내 오해가 부끄러워졌다. 거리에 버려진 폐지나 상자를 모아서 파는 75세 할아버지께서 이웃들에게 쌀을 사서 나눠준 이야기를 그 후에 접했다. 중국집 요리사들은 자장면으로 봉사를 했다. 점심시간 노인정 앞마당에 갖은 양념을 넣은 자장이 가마솥 한가득 익어가고 그 옆에서 밀가루 반죽을 하고 신명나게 면발을 뽑는 중국집 요리사들. 그들은 그 어떤 때보다 신나는 얼굴로 일했다. 그들이 만든 자장면 한 그릇을 기다리는 어르신들의 표정은 행복으로 넘쳐났다. 결식아동들의 공부방에 피자를 굽는 산타가 찾아가기도 했다. 밥을 굶은 아이들 옆에서 밀가루 반죽이 빙글빙글 돌아가고, 아이들은 마치 묘기와도 같은 피자 반죽의 광경을 보며 행복해했다.

차가운 세상에 따뜻한 다리가 되어주는 사람들로 넘쳐났다. '가진 것은 없어. 마음뿐이야.'라는 마음이 안 통하는 세상. 그러나 많이 가진 부자만 사랑할 수 있는 건 아니었다. 내가 할 수 있는 방법으로 내가 머문 공간을 화사하게 하는 법을, 내가 선 자리에 꽃의 향기를 남기는 법을 생각해본다.

우리 동네 가까이에 부모 없는 아이들이 사는 곳은 없는지, 홀로 되신 노인들이 사는 곳은 없는지, 그들의 마음은 어떤지, 춥지는 않은지, 눈물짓고 있는 것은 아닌지 관심을 가져본다. 그리고 그곳으로 간다. 어떤 날은 과자를 들고, 어떤 날은 양말을 들고, 어떤 날은 읽어서 참 좋았던 책들을 들고 간다.

한 달에 한 번, 일주일에 한 번이라고 꼭 날짜를 정할 필요는 없다. 이것조차 구속이 되면 안 되니까. 그러나 구속이라고 여기지 않는다면 한 달에 한 번쯤 자신과 약속을 해도 좋다. 세 번째 화요일이나 수요일로 정했으면 '세화 데이트', '세수 데이트'라고, 두 번째 목요일로 정했으면 '두목 데이트'라고 달력에 적어둔다.

1,000원짜리 양말 하나에 얼굴 가득 꽃물이 드는 사람, 500원짜리 과자 하나에 하늘 가득 웃음소리를 올려 보내는 아이. 내가 주러 갔는데 내가 받고 돌아온다.

연인을 만나러 가는 발걸음에는 꽃잎이 스치지만 그들을 만나러 가는 발걸음에는 풀잎이 스민다.

인터넷 방송 진행하기

내 방송의
주인공은 나야

정
연

얼마 전 신사동에 사는 65세 여인이 지인을 통해서 연락하셨다. "작가님을 꼭 만나서 이야기를 듣고 싶은 게 있다."라는 것이었다. 카페에서 만난 그분은 "방송 멘트 쓰는 거 배우고 싶어요. 방송 원고를 잘 쓰고 싶어서요. 가르쳐주실 거죠?"라고 말하며 아주 적극적으로 나에게 들이대셨다.

그분의 입가와 이마에 앉아 있는 주름이 눈에 들어왔다. 나는 "지금 연세가 65세라고 들었어요. 직장 생활을 하시다가 최근 그만두셨다는데 이제 새로운 일을 시작하시려고요? 그것도 방송 일을요? 방송 일을 새로 시작하기에는 너무 늦은 거 아닐까요?"라고 편견으로 가득 찬 질문을 했다.
그분의 대답이 걸작이었다.

"무라카미 하루키는 저보다 세 살 오빠거든요.
그런데도 하루키 오빠는 지금 창작 활동을 열정적으로 하
시잖아요.
제가 방송을 진행할 꿈이 있거든요.
저는 방송을 진행해보는 게 꿈이었거든요.
인터넷에서 제 주파수를 갖고 방송해도 되는 시대잖아요.
지금 준비하면 늦어도 10년 후에는 할 수 있겠죠."

그분의 말을 들을수록 점점 얼굴의 주름이 아니라 그분의
눈동자에 뜬 별빛이 보이기 시작했다. 그날 그분과 마신 커
피는 그 어떤 날의 커피보다 각성 효과가 있었다.
바쁜 와중에도 이런 언니는 시간을 어떻게든 내서라도 종
종 만나고 싶어진다. 그 언니의 눈빛은 별처럼 빛나고 그 언
니의 입김은 뜨겁다. 꿈이 있는 한 늦지 않는다는 말을 실감
하게 해주는 젊은 언니다.

인터넷 방송의 진행자들을 보라. 70대도 있고 80대도 있
다. 물론 그들은 잠시 방송하다가 피곤해서 바로 주무시러

들어가기도 한다. 비타민 드링크를 마셔도 바로 잠이 오는 세대이긴 하지만 바로 그 노년의 특징 때문에 젊은이에게 위로를 주고 즐거움을 선사한다. "나도 이 나이에 이러고 살어. 너네는 걱정하지 마. 젊음이 있잖아."라고 위로도 해주고, 주무시러 갈 때는 하트를 날려주시는 노년의 깜찍한 언니, 오빠들.

요즘 이렇게 1인 콘텐츠 크리에이터로서 유튜브 등 인터넷 방송국과 케이블 방송국에서 내 취미와 특기를 분출할 수 있는 기회가 널려 있다.

인터넷 라디오 방송국인 팟캐스트를 진행하는 것도 누구든 할 수 있다. 팟캐스트 방송을 하고 싶다면 팟빵 닷컴이나 스마트폰 팟캐스트 서비스를 이용해서 우선 들어보시라. 그러다 보면 감이 생기고 길이 생긴다.

요즘은 아예 직업으로 인터넷 방송 방장을 원하는 대학생들이 아주 많다. 내가 잠시 방송작법을 가르쳤던 대학생 제자들 7명이 팟캐스트를 시작했다. 그 과정을 공유하면서 느낀 것은 결국 시간 노동이다.

노년의 꿈으로 퇴직 후에 개인 방송을 진행한다면 시간도 활용할 수 있고, 바쁜 노인으로 살기에 좋지 않을까. 방송하고 싶은 꿈이 있다면 한번 꿈꿔볼 일이다.

예전에 같이 방송했던 P. J. 로저스(한국 이름은 김미남)와 나눴던 이야기가 기억난다. "누나, 바이올린 할 줄 아세요?", "나, 못해.", "누나, 그건, 못하는 게 아니라 아직 안 배운 거죠."

중요한 건 나이가 아니라 신선한 관점이다. 사물을 가볍게 바라보는 자유로움. 나중에 더 멋진 인생을 살리라는 산뜻한 기대감이 좋다.

10년 후의 나를 위해서 지금 내가 할 일이 있다. 지금의 모습보다 더 설레는 내가 되기 위해 지인들과 교류할 수 있는 나만의 감성 팟캐스트를 상상해본다.

누군가의
멘토가 되어주기

단 한 사람의 인생을 구하면
인류를 구한 것이다

정
림

뚱뚱한 흑인이다. 찢어지게 가난하다. 아주 못 생겼다. 강간
당해 아이가 둘이다. 어머니에게 학대당한다. 글을 읽지도
못한다. 그 소녀의 이름은 모순적이게도 '소중한'이라는 뜻
을 가진 '프레셔스(Precious)'다.

이 아이에게 희망의 등불이 되어준 사람이 있었다. 레인
선생님이었다. 뉴욕의 빈민가에 사는 한 소녀가 어두컴컴한
맨홀에 빠져 있는 기분일 때 레인 선생님은 동아줄을 던지
며 "힘내!"라고 소리치고 손을 잡아 끌어준 사람이었다.

영화 〈프레셔스〉를 보고 나서 나는 누구에게 레인 선생님

의 역할을 해주고 있나 생각했다. 그럴 즈음 기회가 왔다. 모교에서 선배가 후배에게 직업적인 멘토링을 해주는 프로그램이 있었고 자연스럽게 나는 후배들을 만나게 되었다.

작가가 되고 싶어 하는 후배들을 만나니 20여 년 전의 내가 떠올랐다. 꿈이 가슴을 꽉 채워 그 열정으로 터질 것 같았던 나. 그 꿈을 이룰 방법은 뭔지, 아무것도 몰라서 불안했던 나. 그 후 20여 년이 지나 나와 똑같이 꿈을 가진 후배들이 모여 있었다. 그때의 내가 그랬듯 후배들도 눈망울이 불안하게 흔들리고 있었다.

이야기를 나누는 동안 어떤 후배는 펑펑 눈물을 쏟았다. 잡을 만한 끈이 없다가 그 푸른 끈을 선배에게서 발견하고 긴 불안의 둑이 툭 터져버린 것이다. 손수건을 내밀고 기다렸다. 후배가 우는 동안 내가 이제 불안해졌다. 이제 공이 나에게로 넘어온 것이다. 그 애는 울면서 나에게 불안의 공을 넘겨버렸다. "그래. 해보자. 눈물이 나는 건 막아야지." 이렇게 우리의 멘토링은 시작되었다.

정기적으로 만나서 꿈으로 가는 길. 어느 모퉁이를 돌고 있는지, 길은 잃어버리고 있지 않은지 이야기를 나눈다. 살아가는 이야기도 서로 나누고 먼저 젊음의 터널을 지나온 사람으로서 해줄 수 있는 말을 해준다.

같은 꿈을 가진 후배에게 먼저 길을 걸어온 선배로서 작은 역할이라도 해줄 수 있다는 것은 참 멋진 일이다.

인생이라는 건 결국 나에게 주어진 조건과 환경을 극복해가는 과정일 것이다. 하지만 거기에는 절대적으로 끌어줄 사람이 필요하다. 단 한 사람의 생을 구하면 인류를 구한 것과 같다는 영화 대사가 생각난다. 단 한 사람의 아픈 가슴을 달래줄 수 있다면 내 삶이 헛되지 않다는 시구도 생각난다.

지금 나를 애타게 찾고 있는 사람이 있을지도 모른다. 그 누군가의 아픈 가슴에 꽃을 피우는 일, 누군가의 어둔 마음에 등불을 켜는 일, 그것이 내 삶에 내려진 신의 미션인지도 모른다.

후배들을 만나 밥도 먹고 차도 마시고 이야기도 나누고 돌아오는 길, 내 삶의 길을 돌아보게 된다. 내 꿈의 시작점과 종착지를 향한 방향, 주행 속도, 꿈의 계기판을 점검하게 된다. 어떤 관계이든 일방적으로 주기만 하는 관계는 없다. 나는 그 아이들에게 시간을 내주고 더 큰 것을 받고 돌아온다. 신기한 일이다. 내가 시간과 손을 내밀어 잡아주면 그

힘이 후배에게 갔다가 다시 억만 배의 에너지가 되어 나에게 돌아오니까.

　등불의 온도로 이 지구의 온도를 높여주고 꽃보다 더한 향기로 이 지구를 향기롭게 하는 일, 생각보다 어렵지 않다. 내가 할 수 있는 방법으로 누군가의 손을 잡아주고 싶다. 그리고 굳건하지는 않을지 몰라도 따뜻한 꿈의 동아줄이 되어주고 싶다.

아기와
재미있게 놀아주기

아가야,
지구별은 즐거운 별이란다

정
연

이 지구별에 맨 처음 도착한 아기들을 생각하면 몹시 설렌다. 그들은 이 새로운 별이 얼마나 무서울까 싶다. 지구별에 와서 아직 지구별의 수칙을 모르는 아기들에게 다정다감하게 지구라는 별이 재미있다는 것을 느끼게 해주고 싶다.

우리 아들이 아기였을 때는 가끔 아기 머리맡에 밤새 앉아서 아이를 지켰다. '내가 자는 사이에 아이가 다른 별로 날아가면 어쩌지? 외계인이 데리고 가면 어쩌지?' 하는 마음으로 난 아기 손을 꼭 잡고, 남편은 아이 머리맡을 지켰다.

아이가 실수하면 나는 그런 생각을 한다. 아직은 지구별의 수칙을 잘 모르니까 그런 거라고. 지구에서는 사람들을 보면 누구에게든 인사를 하고 신호등에 따라서 차는 달리니까 초록 불이 켜지면 건너야 한다고 지구별의 수칙들을 설명하고 알아듣지 못하면 아직은 지구별이 그들에게 서툰 거니까 이해하면서 더 다정하게 본보기도 보여주고 설명한다.

내가 아는 아이가 아니라 해도 마찬가지다. 아이들을 엘리베이터나 버스에서 보게 될 때 꽃처럼 활짝 웃어준다. 가끔 아이의 엄마가 마구 웃는 나를 경계하는 표정을 짓기도 하지만 말이다. 난 오직 아이에게 웃음으로 가득 찬 밝은 지구별의 모습을 보여주고 싶은 마음으로 아이에게 함박웃음을 짓는다. 학교 다닐 때는 버스에서 내 옆에 앉은 아기에게 웃어주느라 버스 내릴 곳을 일부러 지나치고 수업 시간을 놓친 적도 있다.

대학 시절에는 자취방 근처에 사는 아이들과 늘 같이 놀았다. 종이로 그림을 그려주기도 하고 가면을 만들어주면서 놀아주는 것을 보고 동생 정림이는 나를 골목대장이라고 불렀다.

물론 아기들은 이기적이긴 하다. 오직 자기가 욕망하는

것만 밝히니까 말이다. 긴 시간 아기와 같이 있다 보면 다크 서클이 턱밑까지 내려오기도 한다.

그러나 아이들과 놀면서 깨달은 게 있다. 아이를 돌보는 순간 그 아이의 우주적 에너지가 나에게도 전달이 된다는 것. 아이를 돌보는 시간이 길어지면 몹시 피곤한 것이 사실이지만 자기도 모르는 사이에 아이가 다른 별에서 지니고 온 우주적 충만함이 돌보는 사람에게도 확산되면서 기운이 솟는다는 것이다.

'독박 육아'를 하는 엄마나 아빠들은 힘들지만 그 에너지를 독박으로 차지하는 의미도 되지 않을까. 그러니까 나눠야 하는 것이다. 부부끼리도 혼자 그 에너지를 독차지하지 말고 서로 나눠야 앞으로 살아갈 힘을 나란히 공유할 수 있으니까.

아이를 돌본다는 것은 아이가 하루가 다르게 자라는 것을 보는 일이다. 세상에 가장 창의적인 일이 바로 아이가 자라는 일이라고 생각한다. 내 아이가 아니라도 아기 봐주기 봉사를 하거나 조카를 봐주거나 동네 아이를 즐겁게 해주는 것도 설레는 일이다.

나는 언젠가 퇴직하면 내 재능 기부를 바로 아이 돌보기에 하고 싶다. 말은 못하지만, 이미 지구의 신호를 받기 시작한 아기들에게 지구 언어를 다정하게, 행복하게 들려주고 싶다.

이미 말로 소통하는 아이들이라면 그들의 창의력을 한껏 끌어올리는 말을 들려주고 싶다. 세상에 존재하는 아름다운 형용사들과 동사들을 비롯한 언어들을 다 활용해서 들려주고 그들을 기쁘게 할 자료가 필요하다면 그동안 모아놓은 푼돈이지만 그 아이들을 돌보는 데 쓰고 싶다. 아이들도 이왕이면 키울 여력이 없는 소외 지역의 아이들을 돌보고 싶다.

아기들을 웃게 해주는 것은 이 세상을 웃게 해주는 것이기에.

하루에 한 번
착하기

하루만큼 더 착해진 나

정림

영화 〈신데렐라〉에서 엄마는 하늘나라로 가면서 어린 딸에게 "우리 딸, 엄마가 비밀 하나 알려줄게. 그 비밀만 알면 어떤 시련도 이겨낼 수 있단다. 이 두 가지를 늘 잊지 마. 용기와 따뜻한 마음. 따뜻한 마음씨는 큰 힘을 가지고 있단다. 마법과 같은."이라고 말한다.

결국 신데렐라의 인생은 해피엔딩. 남자 덕이 아니라 착한 마음과 용기 덕에 삶은 화사해졌다.

착하다는 것은 순수하다는 뜻이다. 순수하면 아주 작은 것도 크게 느낀다. 순수하면 삶 앞에서 용감해진다. 감동하고 감사하니 행복해진다. 용기가 있으니 고난도 맥을 못 춘다.

그러니 마음이 착해진다는 것은 내 앞에 놓였던 울퉁불퉁한 자갈길이 잘 뻗은 고속도로가 된다는 뜻이다. 인생과 나도 '일방통행'의 관계가 아니라 '쌍방통행'이다. 내가 착해지면 인생도 순해진다.

나한테는 노트 몇 권이 있다. 내면의 감성을 키우는 '내면 일기' 노트, 자연과 외부의 상황을 적는 '외면 일기' 노트, '아침 에세이' 자료 노트, 하루에 착한 일 하는 한 사람을 찾아 적어보는 '참 좋은 당신' 노트 등…. 그 용도는 모두 다른 노트들이다. 그 중에 '일일일선' 노트가 있다. 하루에 한 번 착한 일을 하고 그 내용을 적는 노트다.

착한 일이라고 해봐야 거창하지 않아도 된다. 먼저 이웃에게 인사를 건네는 것도 일일일선, 앞에 가는 사람의 무거운 짐을 같이 들어주는 것도 일일일선, 화가 날 상황인데 화내지 않는 것도 일일일선, 기다려주는 것도 일일일선, 용서하기 힘든 사람을 용서하는 것도 일일일선, 다른 날보다 더 맛있게 된장찌개를 끓인 것도 일일일선이다. 나 스스로 "그래. 잘했어!"라고 여겨지는 일을 하루에 하나씩 적는 노트다. 356일이 지나면 나는 착한 일 365개를 한 것이다. 그러므로 한 해가 가는 것이 아쉬울 게 없다.

일일일선을 적는 노트의 기록을 나는 멈추지 않을 것이다. 그리고 하루에 착한 일 하는 한 사람을 찾아보는 기록도 멈추지 않을 것이다.

왜 착해져야 하냐는 물음에 나는 대답한다. 행복해지기 위해서.

인생의 가치를 성공에 둔다면 착해지지 않아도 된다. 그러나 인생의 기준을 행복에 둔다면 착해져야 한다. 착한 사람이 추구하는 것은 힘이 아니라 행복이다. 나를 버릴 줄도, 낮출 줄도 아는 용기를 지닌 사람. 남의 입장에 서서 배려하고 부드러움을 추구하는 사람이 착한 사람이다. 착한 사람은 알고 보면 가장 성공적으로 살아가는 사람이다. 흔들리지 않을 테니까, 그래서 행복할 테니까.

하루하루 자꾸자꾸 착해졌으면 한다. 착해져서 다른 이의 삶을 부드럽게 하고 착해져서 내 삶도 부드럽게 흘러갔으면 좋겠다.

죽는다는 게 뭘까요 ?

내 장례식의
명단 써보기

당신은 내 생의
알리바이입니다

정
연

얼마 전 친오빠를 하늘나라로 보내고 한동안 글을 쓰지 못했다. "오빠, 다음에 봐요."라고 인사하고 헤어졌는데 결국 그다음 만남보다 오빠의 다음 생이 먼저 오고 말았다. 어머니께서 세상을 떠나고 1년밖에 안됐는데 우리와 유난히 정이 많은 작은오빠가 그렇게 황망히 떠났다.

마지막으로 보던 날 끝까지 유머 감각을 잃지 않고 우리를 웃긴 우리 오빠, 천재 소리를 어지간히 많이 들었던 풀잎 감수성을 가진 우리 오빠, 너희는 일에 신경 쓰고 살라고 고향에 있는 내가 보살핀다고 노환의 어머니 손을 잡고 매일 어머니의 밥을 손수 해드린 우리 오빠, 워낙 뭐든 했다 하면 그 분야의 제왕이 되어버리는 우리 오빠, 당구를 쳤다 하면 바로 당구장을 접수해버리고 고스톱을 쳤다하면 누구의 돈 이든 다 싹쓸이해버리고 고향 표선 바닷가의 참게를 잡으러 갔다 하면 다른 사람이 한 달 잡아도 못 잡을 어마어마한 양을 반나절에 잡아서 오는 우리 오빠.

이렇게 황망히 갑자기 떠날 거면 고스톱 기술이라도 전수 해놓고 가시지. 겡이('게'의 제주도말) 잡는 기술이라도 전수 해주고 가시지. 소설 속에 추리 기법을 기가 막히게 잘 쓰던 우리 오빠. 그 추리 기법이라도 전수해주고 가시지.

그동안 책을 내려고 쓴 것이 아니라 안 쓰면 못 배기겠다 고 써놓은 원고지가 방 안 가득인데 시집 한 번 안 내시고 오빠는 가버리셨다.

오빠가 입원했다고 해서 오빠를 뵈러 가기로 비행기표 예 약이 되어 있었는데 그 이틀 전 새벽에 오빠는 떠나버리셨 다. 폭풍 울음으로 불러도 오빠는 다시 오지 않았다.

대장암 수술이 완치됐다고 좋아했는데 어떻게 그렇게 갑 자기 전이되면서 악화됐는지. 어머니께서 계신 하늘나라가 그렇게 좋은 곳일까. 어머니께서 힘든 작은오빠를 빨리 부르신 것일까.

그런데 오빠는 워낙 섬세하고 민감한 성격을 지닌 탓일까. 혼자 끝까지 저 세상으로 가는 게 두려운 것 같았다. 혼자 이별하고 혼자 감행해야 하는 다음 길에 대한 공포. 그것이 너무 안쓰러워서 많이 울었다. 행복이라는 퍼즐 조각에서 어머니와 오빠 조각이 빠져버렸다. 죽음이라는 영원한 이별은 너무 혹독하다.

어머니와 아버지, 오빠까지 보내고 나니 죽음이 친숙하게 느껴진다. 나쁘지만은 않은 곳이라 여겨진다. 보고 싶을 때 볼 수 없음이 슬플 뿐, 그때가 언제인지는 모르지만 누구나 다 가야 하는 곳이기에 난 죽음이 두렵지 않다. 그곳에 가면 어머니와 아버지와 오빠도 만날 수 있을 것이기에….

프랑스 철학자 가스통 바슐라르가 《촛불의 미학》에서 썼듯이 인생은 결국 촛불처럼 혼자 타들어가는 것이다. 아무리 많은 촛불이 켜져 있다가도 결국 주위를 비춰줄 뿐이지, 천형 같은 인간의 고독처럼 촛불은 결국 혼자 타들어가야 한다.

어머니처럼 조용히 꺼져가는 촛불이 있지만 오빠처럼 격하게 꺼져버리는 촛불도 있다. 촛불의 심지를 관장하는 하늘의 뜻을 미물인 우리가 어떻게 알까 싶다.

언젠가 나도 이 세상과 이별을 해야 하겠지. 내가 떠난 내 장례식에 오는 사람들은 어떤 사람일까 생각해본다. 나를 몰래 사모하던 사람이 찾아와서 '당신을 몰래 평생 사랑해 왔소.'라고 흐느끼는 영화 같은 사건이 생겨줄까. 그건 아무래도 아닌 거 같고 평소에 나와 일상을 공유하던 친구와 지인들이 아닐까 생각한다.

내 장례식에서는 나를 보낸 슬픔에 젖어 있지 말고 찾아온 사람들을 잘 대접하라고 부탁하고 싶다. 내 장례식에 온 사람들은 내가 떠나고서도 나를 소중하게 생각하는 인연들이니 말이다. 울지도 말고, 서로 웃어가며 천수를 다한 나에 대해서 유쾌한 기억들을 추억해주면 좋겠다.

세상을 떠날 때 목숨이야 뭐 아깝겠는가. 단 좋은 사람들과 이별하는 것이 몹시 슬플 것이다. 헤어지기 싫어서라도 오래오래 같이할 것이다. 하늘이 정한 목숨이라 행여 누가 먼저든 떠났을 때 서로의 장례식에 와줄 존재들…. 그 이름들을 내 마음속에 한 사람 한 사람 써본다.

피보다 더 진한 우정으로 내 생을 채워준 내 친구들, 전생에 부부나 연인의 인연이었을 것 같은 선후배와 지인들, 별빛보다 더 빛나는 이름들, 나와 일상을 늘 같이 한 우리 애정당원들. 내 일상을 늘 함께 해주는 그 이름들을 생각하니 갑자기 눈물이 터져서 더 적지 못하겠다.

언젠가 하늘의 부름을 받고 어쩔 수 없이 하늘로 가야겠지만 나 하늘에 가서도 이 소중한 이름들을, 내가 먼저 간다면 와줄 소중한 이름들을 위해서 기도하리라. 남은 생, 행복하게 잘 지내게 해달라고.

그 이름들이 내 생의 알리바이다.

내가 지구별에서 어느 시점에 살고 갔다는 것을 증명해줄 이름들이다.

내 묘비명 정하기

여한 없이 사랑했다

정
림

어머니께서 돌아가신 후 우리 육남매가 모여서 묘비명으로 뭘 쓸까를 의논했다. 간결하면서도 어머니의 인생을 농축해 표현할 글귀가 되어야 했다. 그런데 육남매 모두 어머니의 삶을 바라보는 시각이 달라서 정하기가 쉽지 않았다.

내 인생은 나 자신이 가장 잘 안다. 그러니 내 묘비명은 내가 정해두어야겠다 싶었다.

어느 중학교 1학년 선생님은 수업 시간에 죽음에 관련한 영상을 보여주고 각자의 묘비명을 쓰라고 했다고 한다. "조금만 기다려. 금방 다녀올게.", "끝나지 않는 해피엔딩" 등 아이들은 다양한 묘비명을 써냈다.

묘비명 중에는 영국 작가 조지 버나드 쇼의 "우물쭈물하다가 내 이럴 줄 알았지."라는 것이 유명하다. 김수환 추기경의 묘비명은 "나는 아쉬울 것 없어라."라는 글귀였고, 중광 스님의 묘비명은 "에이 괜히 왔다 간다."라는 말이었으며, 세르반테스의 묘비명은 "미쳐서 살다가 깨어서 죽었다."라는 문장이었다. 묘비명에는 그들의 인생과 캐릭터가 그대로 담겨 있다.

어느 부모의 묘비에는 "애들아, 밥은 먹었니?"라는 말이 적혀 있고 "너희를 늘 지켜보고 있다."라는 묘비명도 있다고 한다.

나한테 가장 오래 기억될 묘비명은 그리스 작가 니코스 카잔차키스의 것이다.

아무것도 바라지 않는다. 아무것도 두렵지 않다.
나는 자유롭다.

그리고 가장 흉내 내고 싶은 묘비명은 프랑스 작가 스탕달의 것인데 그는 스스로 생전에 묘비명을 준비해두고 있었다고 한다.

살았다, 썼다, 사랑했다.

내 묘비명에는 어떤 문구가 좋을까. 사랑하는 사람이 내 무덤을 찾을 때 그에게 해줄 말을 쓰고 싶다. 나를 잊지 말라는 강요는 싫다. 그의 마음을 편하게 해주고 싶다. 나를 이제는 잊으라고, 다시는 꽃을 들고 찾아오지 말라고 쓰고 싶다. "나 여기서도 행복하니 나를 잊어요."라는 말은 어떨까. "내 마음 더 가까이 당신 곁에 머무르다."라는 문장은 어떨까.

아니 나에게 주어진 힘과 맘을 여한 없이 쓰다가 가서 이렇게 쓰면 어떨까. "여한 없이 일했고, 여한 없이 사랑했다."

어머니 산소에 어머니께서 좋아하시는 꽃을 올리고 평소에 어머니께서 좋아하시는 식혜를 올리노라면 어디선가 새가 날아와 지저귄다. 어머니의 영혼이 새가 되어 찾아든 것일까.

내 아들은 커피를 좋아하는 나에게 언젠가 말했다. 엄마 산소에 찾아가면 술 대신 커피를 올려야겠다고. 내 무덤에 찾아와 눈물 흘릴 아들을 생각하니 가슴이 아프다.

누구나 인생의 끝을 맞이해야 한다. 내가 이 세상을 떠날 때 슬퍼할 사람들을 떠올려본다.

나는 아들 재형이가 내 죽음을 슬퍼하지 않기를 바란다. 엄마는 원 없이 일했고, 원 없이 사랑했으니 행복한 삶을 살다가 갔다고 추억하기를 바란다. 엄마는 멀리 떠난 게 아니라 가슴 더 가까이서 너를 지켜볼 거라고. 그러니 외롭지 않고 더 든든하다고 여겨주기를 바란다.

송정림이
닫는다

정
림

어느 날 나는 알게 되었습니다. 뭘 해도 신기하지 않고 더는 설레지 않는다는 것을. 그 무엇을 사도, 그 어떤 것을 이뤄도 그 행복이 오래가지 않았습니다. 아프게 인정해야 했습니다. 나는 불행한 삶을 살고 있구나….

전쟁 같은 삶을 살다 보니 고개를 들어 하늘을 보지 못했습니다. 고개를 숙여 풀잎을 보지 못했습니다. 날리는 머릿결에서 바람을 만나지 못했습니다. 그렇게 달려가던 어느 날 문득 멈춰 섰고, 내 마음을 방문했는데… 그런데 나를 만날 수 없었습니다. 어? 내가 어디 갔지? 맑은 눈동자로 하늘을 보던 내가 어디로 사라진 거지? 아주 작은 일에도 감탄사를 터트리던 내가 어디 간 거지? 꽃이 핀다며 환호하던 내가 어디 있지?

내가 사라져버렸습니다. 실종 신고라도 내고 싶었습니다. 삶은 이제 반짝이지 않았습니다. 일상에서 물기가 사라졌습니다. 사는 게 시들했습니다.

감동하는 방법을 잃어버렸기 때문이었습니다. 다른 능력은 더 성장했을지 모르지만 감동의 재능은 퇴화되어버린 것이었습니다. 그제야 깨달았습니다. 가장 서둘러야 할 일은 바로 감동을 찾는 일이라고. 그래야 다시 행복할 수 있다고.

내 삶을 돌아보았습니다. 감동의 순간이 언제였지? 내 가슴이 콩닥콩닥 뛰며 설레던 때는 언제였지? 그때는 뭔가 새롭게 시작할 때, 그리고 연애할 때였습니다.

첫 경험. 나는 아직 경험해보지 못했던 것을 하나하나 해보기로 결심했습니다. 이 나이 되도록 못 해본 일이 뭐가 있을까 싶었지만 하나하나 적다 보니 뜻밖에 많았어요. 새벽에 시장 가보기, 고아원에 가서 아이들과 놀아주기, 공원 벤치에 앉아 할머니의 말동무 되어드리기, 혼자 기차 타고 멀리 떠나보기, 버스 타고 종점에서 종점까지 다녀오기, 핸드백 없이 전철표 한 장만 들고 외출해보기, 혼자 미술관 가보기…. 첫 경험의 소재는 무궁무진했습니다.

나는 결심했어요. 내 인생과 연애에 빠지기로. 연애의 조건이 무엇인가요? 관심과 호기심입니다. 주변과 세상과 자연에 눈길을 주고 마음을 기울였습니다. 그러자 바람이 윙크를 보내주었습니다. 별이 손짓하고 있었습니다. 꽃이 날 좀 바라봐달라고 애교를 떨고 있었습니다.

서서히 감동하는 순간이 잦아졌습니다. 신문의 한 줄 소식에서, 뉴스의 한 귀퉁이에서, 잡지의 기사 몇 줄에서 아름다운 사람을 만나고는 가슴이 뭉클해졌습니다. 지나가는 거리에서 만난 사람이 내 마음을 따뜻하게 덥혀주었습니다. 그저 발길 닿는 대로 가보았습니다. 그런데 그 풍경에 매혹당했습니다. 꼭 미술관에 가지 않더라도 인쇄된 그림과 조각을 봤는데 그 아름다움에 매혹당했습니다. 책 한 권이 영혼을 가득 채워주었습니다. 시 한 편이 상처 난 마음에 입김을 불어주었습니다.

유대교 랍비 사무엘 울만은 "우리 마음의 눈에 보이지 않는 우체국이 있다."라고 말했는데 우리는 마음의 우체국에 어떤 우편물을 수신하고 있을까요? 이 계절, 이 지구에서 우리는 어떤 아름다움과 기쁨을 마음 우편함에 접수하고 있을까요?

지금 이 순간 온 마음을 다해 기쁨과 환희와 희망을 접수하는 일은 설렘의 연습이며 행복의 훈련입니다. 그리고 내 인생에 건네는 따뜻한 악수입니다.